KB115275

大
무 武
대
사
士

철백 新무협 판타지 소설

FANTASTIC ORIENTAL HEROES

대무사 5

철백 新무협 판타지 소설

초판 1쇄 찍은 날 § 2016년 3월 24일
초판 1쇄 펴낸 날 § 2016년 3월 31일

지은이 § 철백
펴낸이 § 서경석

편집책임 § 한준만

펴낸곳 § 도서출판 청어람
등록번호 § 제387-1999-000006호
등록일자 § 1999. 5. 31
어람번호 § 제2-2650호

주소 § 경기도 부천시 원미구 부일로 483번길 40 서경B/D 3F (우) 14640
전화 § 032-656-4452 팩스 § 032-656-4453
http://www.chungeoram.com
E-mail § chungeorambook@daum.net

ISBN 979-11-04-90716-6 04810
ISBN 979-11-04-90570-4 (세트)

철백 新무협 판타지 소설

FANTASTIC ORIENTAL HEROES

大武士

대무사

5

청어람
도서출판

目次

第一章
변수(變數)

언제까지고 계속될 줄만 알았던 유세화의 검무는 어느덧 끝이 났다.

그럼에도 이신은 한동안 입을 열지 않았다.

'오염된 성화의 정화라니.'

그냥 막연히 배교 신녀의 후예 정도로만 알았던 그녀에게 그런 놀라운 비밀이 숨겨져 있었을 줄이야!

다시 생각해도 기가 막힐 노릇이었다.

어쨌든 흑월의 진짜 목적을 알았다는 소기의 성과를 달성하기는 했지만, 대신 그 이상의 부담감이 밀물처럼 사정없이 몰려왔다.

그 부담감을 애써 뒤로한 채 이신은 묵묵히 하늘을 올려다봤다. 방금 전까지만 해도 청명하던 하늘은 어느덧 먹구름으로 뿌옇게 뒤덮여 있었다.

그 모습이 흡사 그에게 질문을 던지는 듯했다.

앞으로 유세화를 덮칠 암운이 이토록 방대하고 광활한데, 감히 너 따위가 감당할 수 있겠냐고.

그 질문은 안 그래도 무거운 그의 양어깨를 더욱 무겁게 만들었다.

하지만 그렇다고 해서 이신은 결코 그 질문을 외면하거나 회피하지 않았다. 도리어 그는 먹구름 낀 하늘을 똑바로 노려보면서 나지막하게 속으로 중얼거렸다.

'그래. 어디 올 테면 와봐라.'

신녀의 비밀?

까짓것 흑월에 유세화를 빼앗겨서는 안 되는 이유 중 하나가 더 추가되었다고 여기면 그뿐이다. 새삼 부담을 느끼고 자시고 할 일이 아니었다.

그리 생각하자 태산처럼 무겁던 이신의 양어깨도 한결 가벼워지는 느낌이었다.

'그래, 생각해 보면 한낱 계시 따위에 휘둘릴 필요도 없었다.'

꿈에서 나타난 성화의 계시는 어디까지나 그저 이신에게

유세화가 그만큼 중요한 인물이라는 것을 알리고자 했을 뿐, 그 이상도 이하도 아니었다.

오히려 어떤 의미에서 보자면 괜한 참견이라 볼 수도 있었다.

'신녀고 나발이고 간에 그딴 건 나한테 하나도 중요하지 않다.'

중요한 것은 오직 하나, 바로 유세화가 자신의 하나밖에 없는 연인이라는 사실이었다.

자고로 제 손으로 자기 여자 하나 지키지 못한다면 그 어찌 사내대장부라고 할 수 있겠는가?

마음을 정리한 이신은 유세화에게 천천히 자신이 알아낸 사실을 알려줬다.

그러자 그녀는 두 눈을 동그랗게 떴다.

"제가 성화를 정화한다고요?"

유세화의 반문에 이신은 고개를 끄덕였다.

"그래. 만약 못 믿겠다면 증거를……."

"아뇨, 괜찮아요. 가가의 말을 믿어요. 제가 놀란 건 순전히 다른 이유 때문이에요."

"다른 이유라고?"

"기억나세요? 제가 일전에 꾼 백일몽."

"생사결 때 꿨다는 그 꿈?"

"네. 다행히 기억하고 계시네요."

유세화의 말에 이신은 소리 없이 쓴웃음을 머금었다.

어찌 잊겠는가. 사실상 그때의 사건을 계기로 유세화가 배교의 신녀라는 걸 처음 알게 되지 않았던가?

어쨌든 간에 중요한 건 그게 아니었다.

"그 백일몽이 어쨌는데?"

"사실 그때 백일몽을 꾸면서 들었던 말이 있었는데, 당시에는 그게 무슨 뜻인지 하나도 이해하지 못했어요. 하지만 지금은 대충 알 것 같아요."

"무슨 말이었는데?"

이신의 물음에 유세화는 잠시 기억을 되새겼다.

생사결 날에 꾼 백일몽, 그때 들었던 음성을.

"제 기억이 틀리지 않다면 분명 '비틀린 성화(聖火)의 의지를 되돌려라! 우리의 딸이여!'였을 거예요."

"비틀린 성화의 의지? 되돌려?"

듣고 보니 확실히 당시에 유세화가 그리 말했던 것 같다.

그리고 유세화의 말마따나 지금은 그 말이 무슨 뜻인지 이신도 어렴풋이 알 것 같았다.

'아마도 비틀린 성화라는 말은 오염된 성화의 기운을, 그리고 의지를 되돌린다는 말은 화매의 정화 능력을 가리키는 것 같군.'

이신이 그렇게 추측하고 있을 때, 문득 유세화가 살짝 의아한 표정으로 말했다.

"한데 이게 그렇게까지 중요한 능력일까요?"

성화를 정화한다.

듣기에는 그럴싸하지만, 딱히 그것 말고는 별다른 효용성도 없어 보이는 능력이었다. 한데 흑월에서는 어째서 그런 자신의 능력을 필요로 한단 말인가?

유세화의 의문에 이신은 잠시 생각에 잠기더니 곧 입을 열었다.

"흑월에서 사용하는 성화의 기운은 본래의 것에 비해서 확연히 질이 떨어져. 본래의 것이 십이라면 이, 삼도 안 되는 수준이랄까?"

배화구류공이 그러하듯 본래 배교의 무학은 마공이란 것과는 궤를 달리하는 무학이었다.

그것은 배교의 신물, 성화 역시 마찬가지였다. 한데 흑월에서는 그런 성화를 본래의 사용법과는 다른, 뭔가 사특한 대법에 의해서 억지로 움직이는 쪽에 가까운 느낌이었다.

그것이 결코 정상적이지 않다는 걸 오염된 성화의 기운을 직접 흡수해 봤기에 이신은 누구보다 잘 알고 있었다.

그리고 흑월 내에서도 그 문제에 대해서 명확히 인식하고 있을 터였다.

"그럼……."

"아마도 화매의 능력이 있으면, 그 문제를 말끔히 해결할 수 있을지도 모른다고 여기는 거겠지."

이를테면 배가되는 마기로 인한 폭주로 누구도 대성할 수 없었던 배화구륜공의 부작용을 청허심법으로 해소한 것처럼 말이다.

이신의 설명을 듣고 유세화의 표정이 저도 모르게 어두워졌다.

사태의 심각성을 깨달은 것이다.

"그럼 이제 어쩌죠?"

유세화의 물음에 이신은 이제까지와 달리 웃으면서 말했다.

"어떡하긴. 굳이 내가 말하지 않아도 이미 화매 스스로도 답이 뭔지 알고 있잖아?"

"네? 제가 뭘 알고 있……."

"수련."

"네?"

"못 들었어? 수련하라고."

유세화는 순간 기가 막힌다는 표정을 지었다.

누가 못 알아들어서 되물었겠는가. 이신의 대답이 너무나 얼토당토않아서 저도 모르게 되물은 것 아닌가.

이해할 수 없다는 표정의 그녀를 바라보면서 이신은 말했다.

"그냥 수련하라는 게 아니야. 하루도 쉬지 말고 매일 미친 듯이 수련해. 이러다 몸이 으스러지겠다 싶을 정도로. 그게 최소한이야."

"매일 몸이 으스러질 정도로……."

예전이었다면 그게 뭐 어렵냐고 되물었을 것이다.

하지만 이제 유세화도 안다.

막상 이신이 말한 대로 실천하려면 얼마나 많은 눈물과 피땀을 동반해야 하는지를.

그 어려움을 알기에 유세화는 말문이 막힌 채 이신의 이어지는 말을 들었다.

"그렇게 미친 듯이 수련해서 강해진다면……."

말끝을 흐림과 동시에 이신의 눈빛이 강해졌다.

마치 산중의 왕, 대호가 노려보는 듯한 착각이 들 만큼 강렬한 그의 눈빛에 일순 유세화는 압도당하고 말았다.

바싹 얼어붙은 그녀를 바라보면서 이신은 마저 말을 끝맺었다.

"그때부턴 놈들도 더 이상 화매를 쉽게 보지 않을 테니까."

힘이 없고, 남들보다 약하니까 당하는 거다.

그게 싫다면 강해져라. 강해져서 역으로 놈들에게 보여주는 것이다.

결코 자신이 호락호락하지 않다는 것을. 역으로 당할 수도 있다는 것을.

예로부터 강한 자가 건드리는 것은 언제나 자신보다 약한
자들뿐이었으니까.

그것이야말로 약육강식의 세상, 무림에서 통용되는 유일한
이치요. 이신이 몸소 뼈저리게 느낀 진리였다.

확고한 이신의 말에도 유세화는 반신반의하는 표정으로 되
물었다.

"정말… 그거면 될까요?"

정말 이신의 말처럼 자신이 강해지는 것만으로 지금의 상
황을 완전히 해결할 수 있는 것일까?

그러자 이신은 한 치의 흔들림 없는 표정으로 고개를 끄덕
였다.

"가능해."

물론 유세화 혼자라면 어려웠을 것이다. 혼자서 강해지는
데에는 엄연히 한계가 있게 마련이었으니까.

하지만……

"누구의 말마따나 화매의 곁에는 중원 최고의 사부가 있으
니까."

그녀의 곁에는 다른 사람도 아닌 이신이 붙어 있었다.

그 사실 하나만으로도 이미 그녀는 남들은 상상도 할 수
없는 기연을 얻은 거나 마찬가지였다.

살짝 장난기 섞인 이신의 호언장담에 유세화는 금세 본연의 미소를 되찾았다.

"고마워요, 가가."

"이런 걸로 고마워할 필요 없어. 어차피 모든 건 화매 스스로 노력한다는 가정하에……."

이신은 끝까지 말을 잇지 못했다.

말하는 중간에 유세화가 덥석 그를 껴안았기 때문이다.

이신의 넓고 단단한 가슴에 반쯤 얼굴을 파묻은 채로 유세화는 속삭이듯 말했다.

"정말로 고마워요."

단순한 빈말이 아니었다. 이신 몰래 그녀는 잠시 상상해 봤다. 만약 같은 상황에 처했을 때, 지금과 달리 이신이 그녀의 옆에 없다면?

상상만으로도 무섭고 끔찍했다. 그녀의 상상은 거기서 끝나지 않았다.

반대로 자신이 이신의 입장이었다면, 과연 자신도 그가 했던 것처럼 헌신적으로 도와줄 수 있었을까?

아마 도와줄 수는 있을 것이다. 하지만 이신이 했던 것처럼 한 치의 주저도 없이 선뜻 돕겠다고 결정을 내리기는 어려웠을 것이다.

그래서 더욱 이신에게 고마웠고, 또한 미안했다. 그런 그에게 자신이 해줄 수 있는 것이라고 해봐야 고작 이 정도뿐이라는 사실이.

진심 어린 유세화의 말에 이신은 대답 대신 양팔로 그녀의 작은 등을 부드럽게 감쌌다.

그 상태에서 이신의 손이 점점 아래로 이동하기 시작하자 순간 긴장한 듯 유세화의 몸이 파르르 떨리기 시작했다. 거기다 혼자 뭘 상상했는지 금세 그녀의 귓불이 벌겋게 달아올랐다.

이에 이신은 속으로 실소를 머금었다.

이미 간밤에 두 사람은 남녀 간의 선을 넘었다. 그런데도 이리 순수한 소녀처럼 귀여운 반응을 보이다니.

'여자의 마음은 알다가도 모르겠군.'

어쩌면 유세화만 이런 건 아닐까 싶었지만, 일조장 신수연과 삼조장 문초희도 이따금 이해할 수 없는 반응을 보인 적이 있으니 전반적으로 여자는 다 그런 것 같았다.

물론 예시로 든 두 사람이 그리 평범한 여인들이 아니라는 게 문제긴 했지만 말이다.

'뭐 중요한 건 그게 아니지.'

이신은 자신의 가슴에 얼굴을 파묻은 유세화를 슬쩍 뒤로 밀어냈다.

그러자 힘없이 밀려나는 와중에 그녀는 당황한 표정을 감추지 못했다. 설마 이신이 자신을 이리 밀어낼 줄은 미처 예상하지 못했기 때문이다.

그리고 그녀가 뭐라 말하기 전에 이신이 한발 먼저 움직였다.

"흐읍!"

이신의 입술이 그녀의 입술을 덮었다. 달콤한 입맞춤은 꽤나 길게 이어졌지만, 한번 달라붙은 두 사람 다 쉬이 떨어질 줄 몰랐다.

오히려 이 순간이 영원히 계속되었으면 좋겠다고 느낄 만큼 황홀하고 짜릿한 체험이었다.

그때였다.

이신의 귓가에 원치 않은 불청객의 음성이 들린 것은.

[중요한 순간에 이런 말씀을 드려서 몹시 송구스럽지만, 방금 전에 보고가 들어왔습니다.]

순간 이신의 눈이 가늘어졌다.

무슨 보고냐는 바보 같은 질문은 하지 않았다.

지금 상황에서 음성의 주인, 단무린이 자신에게 할 만한 보고라고 해봐야 하나밖에 없었으니까.

못내 아쉽다는 듯 이신이 유세화에게서 떨어지자마자 단무린의 전음이 이어졌다.

[환혼시마가 이곳으로부터 동쪽으로 약 오십 리 정도의 거

리에 있다고 합니다.]

　역시나 예상대로 작금의 사냥감으로 점쳐 두었던 환혼시마와 관련된 이야기였다.

　그러나 전음을 듣고 있는 이신의 표정은 썩 밝지 않았다.

　[생각보다 가깝군.]

　원래 계획대로라면 백 리 정도의 간격을 둔 채로 놈을 천천히 요리할 생각이었다. 한데 그의 위치를 파악한 시점에서 벌써 절반이나 되는 거리를 허용하고 말다니.

　이건 분명 문제가 있었다.

　이어지는 단무린의 전음이 그것을 증명했다.

　[변수가 생겼습니다.]

　[변수?]

　[그게… 형님께서 잘 아는 자와 관련된 변수라고 합니다.]

　[나와 아는 자?]

　이건 또 무슨 소리인가? 자신과 아는 자가 관련된 변수라니.

　이신의 눈살이 찌푸려질 때, 단무린의 전음이 재차 이어졌다.

＊　　　　＊　　　　＊

　산중을 빠르게 내달리는 일곱 명의 남녀.

저마다 복색이 다른 그들의 얼굴에는 하나같이 낭패한 기색이 역력했다.

특히 가장 일행의 선두에 있는 관옥처럼 준수한 외모의 청년 도인, 운검의 경우에는 낭패한 것을 넘어서 약간의 침통함마저 엿보였다.

'도대체 일이 어디서부터 잘못되었단 말인가?'

얼마 전, 무한에서 이루어진 구대문파의 은밀한 회합. 그 끝에 하나의 단체가 새로 창설되었다.

대정회(大正會).

크고 바른 뜻을 지닌 단체라는 거창한 이름답게 그들의 구성원은 실로 화려했다.

무려 구대문파 내에서도 하나같이 기재로 손꼽히는 자들로만 구성되어 있는 것은 물론이거니와 각 문파에서는 그들이 원한다면 어떤 지원이든 아끼지 않기로 약조했다.

하지만 그럼에도 정작 대정회라는 단체를 아는 이는 그리 많지 않았다.

애당초 대정회가 만들어진 목적 자체가 구대문파 내부에서 암약하는 암중세력을 색출하여 일망타진하기 위함이었으니까.

그리고 오늘은 그 대정회의 비밀스러운 임무 중 하나를 수행하는 중이었는데, 예상치 못한 변수가 일어났다.

애초 그들의 임무는 원래 누군가를 미행하는 것이었다. 한데 지금은 역으로 그들이 미행을 당하는 입장이 되고 말았다.

지금의 사달도 그 때문에 일어난 것이었다.

물론 미행을 들킨 것 자체는 문제될 건 없었다. 정작 문제가 된 것은 따로 있었다.

바로 그들의 등 뒤에서 난데없이 나타난 다섯 자루의 장검이 그것을 증명했다.

푸푸푸푸푹!

미처 피할 새도 없이 가장 맨 뒤에 처져 있던 청년의 뼈와 살을 찢고 가르는 다섯 자루의 검!

이윽고 힘없이 쓰러지는 그의 앞에 한 백의 여인이 나타났다.

그녀는 등 뒤에 여섯 개의 검갑을 좌우로 교차하듯 갈지(之)자 모양으로 메고 있는 묘한 차림새였는데, 묵묵히 청년을 내려다보던 그녀는 곧 손에 들린 장검을 주저 없이 위로 들어 올렸다.

"아, 안 돼! 그만둬!"

운검이 도중에 멈춰 서서 얼른 소리쳤지만, 그의 애절한 외침은 끝내 백의 여인의 검을 멈추지 못했다.

서걱―!

너무나 간단하게 일검에 잘려져 나가는 청년의 목.

그 광경을 멍하니 바라보는 것도 잠시, 곧 운검의 얼굴은 감히 백의 여인에게 대적할 수 없는 스스로의 무력함과 그로 인한 절망감으로 마구 일그러졌다.

'도대체, 도대체 왜!!'

백의 여인은 강했다. 운검을 비롯한 대정회 고수들이 한꺼번에 달려들어도 어찌할 수 없을 만큼.

방금 전의 무자비한 어검술이 그것을 똑똑히 증명하였다.

그렇기에 이해할 수 없었다.

그런 그녀가 어찌 단번에 자신들을 죽이지 않고, 이렇게 마치 고양이가 쥐새끼를 가지고 놀듯이 한 명씩 죽이는 방식을 택하고 있는 것인가?

단순히 개인적인 악취미라고 보기엔 아까 전 청년의 목을 벨 때도 그랬듯이 시종일관 무표정한 그녀의 얼굴이 마음에 걸렸다.

그것은 살육 자체를 즐기는 것과는 다소 거리가 멀었다.

오히려 누군가가 내린 명령을 기계적으로 수행한다는 느낌에 가까웠다.

그때 늙수그레한 음성 하나가 장내에 울렸다.

"허허허, 아직 여섯이나 남아 있다니. 과연 구대문파의 제자들답구나."

너털웃음을 터뜨리며 백의 여인의 뒤에서 나타난 음성의 주인, 그는 겉모습만 보면 그저 청수한 인상의 노문사로 보일 뿐이었다.

하지만 실상 그의 정체는 다름 아닌 환혼시마라고 불리는 구양세가의 태상가주 구양명이었다. 그리고 운검 등이 맡은 이번 임무의 목표이기도 했다.

"구양명……!"

그를 바라보면서 운검이 이를 바득 갈았다.

비단 그 혼자만 그런 게 아니었다. 주변의 대정회 무인들도 그와 크게 다를 거 없었다.

그도 그럴 것이 맨 처음 임무를 수행할 때만 하더라도 그들의 인원은 총 열다섯 명이었다.

한데 그중 무려 절반 이상에 해당하는 여덟 명이 불귀의 객이 되었고, 방금 전에도 또 한 명의 동료가 허무하게 목숨을 잃고 말았다.

다름 아닌 구양명의 수하인 백의 여인의 손에 의해서 말이다.

그러니 어찌 구양명을 바라보는 시선이 고울 수 있겠는가?

운검을 위시한 대정회 무인들의 적개심 어린 시선은 아랑곳없이 구양명은 느긋하게 뒷짐을 진 채로 말했다.

"쓸데없는 저항일랑 관두는 게 좋을 것이니라. 어차피 네놈들의 목숨은 노부의 수중에 있는 거나 마찬가지. 순순히 운명을 받아들여라."

구양명의 말에 대정회의 무인 중 하나가 울컥하면서 외쳤다.

"이 개자식! 이러고도 구양세가가 무사할 것 같으냐!"

그들은 엄연히 구대문파의 제자들.

자신들의 죽음에 구양세가가 관련되어 있음을 알게 된다면, 그들의 사문에서 좌시할 리 만무하다.

하나 대정회 무인의 말에도 구양명은 피식 웃으면서 말했다.

"그건 네가 걱정할 문제가 아니다. 할 이유도 없고. 그것보다도 오히려 노부가 너에게 되묻고 싶구나. 네놈의 눈에는 노부가 그런 기본적인 것도 생각하지 못할 만큼 어리석어 보이더냐?"

"그, 그건……!"

말문이 막혔다.

구양명의 말마따나 그런 건 누구나 생각할 수 있는 부분이다.

그럼에도 구양명은 일을 벌였다.

그가 유달리 어리석거나 미치지 않았다면, 그것은 즉 이번 일을 수습할 만한 방도나 대책이 이미 준비되어 있다는 소리였다.

'도대체 어떻게?'

방법은 모른다. 하지만 구양명이 저리 자신만만하게 나서는 데에는 다 그만한 이유가 있다고 밖에는 볼 수 없었다.

그때, 운검이 뭔가 깨달은 표정으로 중얼거렸다.

"설마… 우리를 강시로 만들려는 것이오?"

"뭣?"

"가, 강시라니! 회주, 그게 도대체 무슨 소리요?"

운검의 갑작스러운 말에 대정회 무인들은 당혹스러운 반응을 보였다.

하지만 운검은 개의치 않고 구양명을 노려보면서 말을 이어갔다.

"들은 바 있소. 강시술 가운데서는 겉으로 보기엔 생사람과 다를 바 없이 강시로 제련하는 것도 모자라서, 기억마저 조작하는 기술이 있다고! 만약 저자가 그 말로만 듣던 기술을 우리에게 펼친다면 필시 각 파에선 꼼짝없이 당하고 말 것이오."

"그, 그런!"

운검의 말이 끝나기 무섭게 모두가 경악했다.

그리고 구양명은 딱히 운검의 말에 부정하지 않고, 입가에 조용히 미소를 머금었다.

'과연 무당신룡, 다른 놈들보다 머리가 잘 돌아가는군.'

그렇다.

운검의 예상대로 구양명은 대정회 무인들을 전원 강시로 제련해 버릴 계획이었다.

물론 보통의 강시라면 들통 나고 말 것이다.

하지만 운검의 말마따나 그가 펼치려는 강시술은 엄밀히 말하면 일종의 생강시를 만드는 것이었다.

생강시가 뭔가? 사람과 별 차이를 못 느낄 만큼 행동이 자연스럽고 겉으로도 티가 나지 않기에 생강시라고 하는 것 아닌가?

거기다 그 과정에서 아예 그들의 기억을 조작해 버린다면 문제는 깔끔히 해결된다. 자신이 생강시라는 사실조차 인식하지 못한 채 평소의 생활로 되돌아가는 것이니까.

더불어서 이는 역으로 구대문파의 심처에 사람을 심을 수 있는 절호의 기회이기도 했다.

원래 대정회 자체가 구대문파 내부에 은밀히 존재하는 암류, 즉 흑월의 세작을 찾기 위해서 특별히 만들어진 조직 아닌가?

한데 그런 그들을 아예 흑월의 명령을 받는 꼭두각시로 만들어 버린다면?

구대문파 측에서는 영원히 흑월의 그림자조차 찾을 수 없게 되는 것이다. 거기다 개별적으로 흑월에 대해서 밝혀내려고 하는 자들을 찾아내서 미연에 처단할 수 있으리라.

실로 무서운 계책!

물론 어디까지나 강시술의 대가인 구양명이기에 가능한 일이었지만, 구양명조차도 처음 그 계책을 들었을 때는 탄복을 금치 못했다.

'역시 그분은 대단하시다. 어찌 그런 생각을 할 수 있단 말인가?'

하긴 그런 인물이기에 구양세가의 태상가주인 그가 감히 고개를 숙이는 것도 모자라서 평생의 충성을 맹세한 것 아니겠는가.

'거기다……'

구양명의 시선이 슬쩍 옆으로 향했다.

백의 여인.

그녀의 정체는 다름 아닌 구양명조차도 완전히 파악할 수 없는 고도의 강시술로 제련된 생강시였다.

원래 그녀는 구양명의 소유가 아니었다.

특별히 이번 일을 위해서 그분께서 잠시 빌려주신 것에 불과했다.

아무튼 처음 그녀를 봤을 때, 구양명은 저도 모르게 화들짝 놀라고 말았다.

그럴 수밖에 없었다.

백의 여인, 그녀는 과거 무림에서 크게 이름을 떨친 바 있는 아주 유명한 여검객이었기 때문이다.

—육검선자(六劍仙子).

정마대전이 일어나기 이십 년 전, 한 장보도 사건에 연루되면서 사라진 다수의 실종자 중 한 명이자 보타문(普陀門) 역사상 최연소의 나이에 검후에 등극한 여고수.

만약 그녀가 사라지지 않고 그대로 보타문을 이끌고 있었다면 지난 정마대전에서 놀라운 활약을 보였을 것이다.

한데 예상치도 못하게 무려 수십 년의 시공을 뛰어넘어, 그것도 설마 이런 식으로 그녀와 조우하게 될 줄이야.

달리 보자면 그때 장보도 사건 자체가 흑월에서 꾸몄다는 말도 된다.

아마 다른 고수들도 그녀와 마찬가지로 산 채로 붙잡혀서 강시로 제련되었으리라.

덕분에 구양명은 새삼 자신이 소속된 흑월이 얼마나 무섭고 두려운 단체인지 뼈저리게 실감할 수 있었다.

그렇기에 구양명은 이번 임무는 절대 실패해선 안 된다고 생각했다. 더불어서 자신의 실수 또한 한 치의 실수 없이 처리해야 한다고.

"이야기는 여기까지. 쫓고 쫓기느라 피차 지쳤을 테니 이제 끝내자꾸나."

구양명이 스산한 음성으로 중얼거리기 무섭게 육검선자가 움직였다.

퓨퓨퓨퓨퓽—!

대정회 무인 다섯이 거의 동시다발적으로 썩은 짚단처럼 바닥에 쓰러졌다.

육검선자가 부지불식간에 발출한 지풍이 낳은 결과였다.

하지만 뒤이어 발출한 그녀의 지풍은 허공을 수놓은 푸른 빛의 강기에 상쇄되었다.

"태청강기!"

구양명은 실로 놀랍다는 듯 외쳤다.

태극혜검의 경지가 못해도 오성의 경지에 달해야만 펼칠 수 있는 절기, 태청강기를 약관을 겨우 넘긴 운검이 펼칠 수 있다니.

그러나 놀람도 잠시, 구양명의 입꼬리가 비릿하게 올라갔다.

'아직 절정에 머문 수준이군.'

그는 한눈에 운검이 펼친 태청강기가 어디까지나 초식의 묘용을 빌린 강기공의 일종이라는 것을 꿰뚫어봤다.

물론 그 위력이야 검기보다야 나을 테지만, 그래봐야 겉보기에만 그럴싸한 속 빈 강정에 불과했다.

진짜 강기는 저 정도가 아니었다.

화르르륵—

육검선자의 검 위로 단숨에 활활 타오르는 금빛의 광채가 그걸 증명했다.

보타문을 상징하는 절기이자 당대 검후만이 펼칠 수 있다는 불문검학의 최고봉 중 하나, 금정강기(金鉦罡氣)였다.

"크윽!"

서둘러 태청강기로 거기에 대항하는 운검이었지만, 애당초 헛된 발버둥에 불과했다.

어디까지나 초식의 묘용을 빌린 반쪽짜리 강기로는 초절정 이상의 깨달음을 바탕으로 펼치는 진짜 강기를 상대할 수 없는 법이었으니까.

이어지는 광경이 그것을 증명했다.

쩌정—!

금정강기와 부딪치기 무섭게 흩어지는 태청강기!

뿐만 아니라 운검의 송문고검마저 완전히 산산조각 나고 말았다.

분분이 사방으로 흩날리는 애검의 파편을 바라보는 운검의 얼굴은 어느덧 절망으로 물들었다.

그리고 그의 전권으로 파고든 육검선자의 검결지가 그의 수혈을 막 짚으려는 순간이었다.

휘이이이이이잉—!

난데없이 한 줄기 차가운 설풍이 장내에 휘몰아쳤다. 이윽고 설풍은 거대한 태풍으로 화해서 육검선자를 덮쳤다.

이에 육검선자는 황급히 뒷걸음질 치면서 다른 손에 들고 잇던 장검을 아래로 내리그었다.

부우우욱!

그러자 비단 천이 찢어지는 듯한 음향과 함께 거짓말처럼 육검선자를 중심으로 냉기의 폭풍이 좌우로 쫙 갈라졌다.

그리고 갈라진 틈 사이로 웬 홍의경장 차림의 여인에게 안겨 있는 운검의 모습이 보였다.

그는 이미 의식을 잃은 지 오래였다.

"누구냐!"

구양명이 애써 경악을 감추면서 외쳤다.

그러나 홍의경장녀, 신수연은 그의 질문에 제대로 답하기는 커녕 투명한 빙검, 그녀의 상징이자 빙마종의 절기인 한령마검만 묵묵히 겨눌 뿐이었다.

이에 얼굴이 구겨지는 것도 잠시, 구양명은 조용히 뇌까렸다.

"그래, 네년이 누구인지는 중요하지 않다. 중요한 건… 네년은 이제 죽을 목숨이라는 것뿐!"

그의 말이 끝나기 무섭게 육검선자가 먼지라도 털 듯 가벼이 왼쪽 소맷자락을 휘둘렀다.

앞서 죽은 대정회 무인의 몸에 꽂혀져 있던 다섯 자루의 검이 일제히 물찬 제비처럼 허공으로 튀어 올랐다.

이윽고 육검선자의 왼손이 검결지 모양으로 바뀌면서 신수연을 가리키는 순간, 한곳에 모인 다섯 자루의 검은 그 어떤 명사수의 화살보다도 빠르고 강력하게 허공을 격하며 날아갔다.

콰과과과광!

순식간에 신수연이 서 있던 주변 일대가 완전히 초토화되었다.

하지만 그중 신수연의 시체는 보이지 않았다.

그저 혼절한 운검만이 죽은 듯이 초토화된 바닥 한가운데에 쓰러져 있을 뿐.

사라진 신수연의 신형이 다시 나타난 것은 육검선자의 머리 바로 위였다.

챙!

십자로 교차하며 부딪치는 빙검과 장검.

그 너머에서 신수연과 육검선자의 눈이 순간적으로 마주쳤지만, 말 그대로 그건 순간에 불과했다.

찰나의 마주침을 만끽할 새도 없이 신수연의 주위로 두꺼운 얼음 장벽이 생겨났다.

그 위로 육검선자가 어검술로 부리는 다섯 자루의 검이 빛살처럼 짓쳐 들어갔다.

카가가강!

어검술로 부리는 것임에도 단 한 자루의 검도 얼음 장벽을 꿰뚫지 못했다.

장벽의 방호력도 뛰어났지만, 극한의 냉기가 접근해 오는 다섯 자루의 검을 얼어붙게 만든 탓이 컸다.

심지어 그 하나하나에 연결되어 있는 무형의 기운마저 얼어붙게 만든 지독한 한기…….

실제로 육검선자와 다섯 자루의 검 사이로 가느다란 실 같은 것이 생겨난 게 그 증거였다.

그걸 본 구양명의 입이 저도 모르게 쩍 벌어졌다.

"이, 이럴 수가!"

무형의 기운마저 얼려 버리는 냉기라니!

저게 정녕 가능한 일이란 말인가?

'빙궁의 빙백신공인가? 그것도 아니면 설마 마교의 한령마검?'

신수연의 정체에 대해서 그가 추측하거나 말거나, 그녀는 그저 졸지에 자신에게 다섯 자루의 검을 모두 빼앗겨 버린 육검선자를 무심한 눈길로 바라볼 따름이었다.

'확실히 나보다 아래는 아니야.'

다섯 자루의 검을 동시에 어검술로 다룬다는 것부터가 이미 보통내기가 아니었다.

그러나,

'그렇다고 해서 나보다 위는 아니지.'

쩌저저저적—!

순식간에 신수연이 발출한 냉기에 완전히 꽁꽁 얼어붙는 다섯 자루의 검!

그와 동시에 신수연의 빙검이 육검선자를 가리키는 순간, 다섯 자루의 빙검 역시 칼끝의 방향을 거꾸로 돌렸다.

다름 아닌 자신들의 원래 주인인 육검선자를 향해서.

그 믿을 수 없는 광경 앞에 구양명은 물론이거니와 생강시인 육검선자마저 흠칫하는 기색이 역력했다.

타인이 어검술로 부리는 검을 강탈하다니.

그것도 저런 어처구니없는 방법으로!

하지만 신수연에게는 숨 쉬는 것처럼 너무나 당연한 일이었다.

어검술?

그 정도야 신수연도 얼마든지 펼칠 수 있었다.

하물며 자신의 수족과도 같은 얼음 덩어리를 조작하는 것쯤이야 누워서 떡먹기였다.

거기다 생전의 육검선자였다면 몰라도 한낱 생강시 따위에게 당할 그녀가 아니었다.

애당초 신수연이 단무린에게 연통을 넣은 이유도 단 한 가지 이유 때문이었다.

바로 운검과 이신이 서로 아는 사이라는 것.

원래 그녀의 임무는 구양명에 대한 추적 및 감시였지만, 이신과 아는 사이인 그의 위기를 마냥 못 본 체할 수는 없는 노릇이었다.

그렇기에 이신의 의중을 묻고자 연통을 넣은 것일 뿐, 그 외의 도움이나 원군을 바란 것이 결코 아니었다.

왜냐하면 그녀는 빙마종의 당대 종주, 빙검후였으니까.

휘이이이이잉―!

한 줄기 세찬 설풍이 신수연의 신형에서 피어오르는 강대한 경력과 맞물려서 거대한 눈보라로 화했다.

옷자락이 미친 듯이 펄럭거리는 것도 모자라서 머리카락 한 올 한 올이 위로 치솟아 오르는 가운데, 문득 신수연의 입가에 처음으로 미소가 떠올랐다.

"어디, 누구한테 검후의 칭호가 더 어울리는지 한번 확인해 볼까?"

스스로에게 하는 것인지 아니면 육검선자에게 하는 것인지 알 수 없는 말과 함께 신수연은 내내 정면을 가리키고 있던 빙검을 아래로 내리그었다.

그와 동시에 다섯 개의 빙검이 제각기 다른 곡선을 그리면서 쏜살같이 날아갔다.

다섯 줄기의 곡선으로 화한 빙검이 불규칙하게 짓쳐들어오는 광경 앞에 육검선자보다 구양명이 먼저 반응하며 소리쳤다.

"마, 막아라, 혈혼인(血魂人)!"

그 순간. 내내 무표정하던 육검선자의 눈에서 돌연 선홍빛의 안광이 터져 나왔다.

동시에 그녀의 손에 들린 장검에도 짙은 혈광이 피어오르더니 곧 천천히 움직이기 시작했다.

빠르게 날아오는 다섯 개의 빙검에 비하면 느리디느린 움직임!

그러나 그녀의 검이 지나갈 때마다 허공에 새겨지는 혈광의 궤적에 비례해서 다섯 자루 빙검의 속도도 줄어들기 시작했다.

마치 그물망에 발이 묶여 버린 새들과도 같은 모습!

실상은 육검선자의 검이 만들어내는 진공 상태와 그로 인해 발생한 무형의 압력에 짓눌리듯 갇혀 버린 것이었다.

이에 저항하는 것도 잠시, 곧 신수연은 쓸데없는 힘겨루기를 포기하고 다섯 자루의 검을 둘러싸고 있던 한령마기를 도로 회수했다.

그러면서 이제까지와는 완전히 달라진 육검선자, 아니 혈혼인의 모습을 살폈다.

'풍기는 기도 자체가 완전히 달라졌어.'

달라진 건 단순히 외모나 기도뿐만이 아니었다.

이제까지는 그나마 자신의 생각대로 움직이는 느낌이었다면, 지금의 혈혼인은 오로지 구양명이 내린 명령에만 사로잡혀 있었다.

아니, 단지 그것밖에 생각 못 하는 인형으로 전락했다는 느낌에 더 가까웠다.

그게 강시 본연의 모습에 가깝다고 할 수 있겠지만, 신수연 입장에선 되레 실망스럽기 그지없었다.

자신의 의도가 환히 드러나는 공격만큼 단조롭고 뻔한 것도 없었다.

앞서 신수연이 혈혼인을 위협적인 상대라고 느낀 것도 그녀가 온전히 본신의 실력을 다 발휘할 수 있기 때문이 아니던가?

한데 도중에 구양명의 명령 때문에 도리어 장점을 사라지고 강시 본연의 단점만 두드러지고 말았다.

기껏 겨뤄볼 만한 호적수를 만났다는 사실에 들떠 있던 신수연의 입장에선 더더욱 구양명이 눈엣가시로 보일 수밖에 없었다.

'사냥감 주제에 건방지게……!'

그녀의 눈에서 섬뜩하기 그지없는 푸른 안광이 막 피어오르려는 찰나였다.

[거기까지. 물러나라, 일조장.]

귓가에 울리는 한줄기 전음성과 함께 거짓말처럼 신수연의 눈에 피어오르던 안광이 잦아들었다.

그것도 모자라서 그녀는 한 치의 망설임도 없이 냉큼 뒤로 물러났다.

갑작스러운 그녀의 태세 전환에 구양명은 순간 이해할 수 없다는 표정을 지었지만, 곧 이유를 알게 되었다.

'그림자가……?'

방금 전까지 신수연이 서 있던 자리.

아무것도 없어야 할 그 자리에 그림자 하나가 고스란히 남겨져 있었다.

다름 아닌 신수연의 그림자였다. 그리고 그림자는 곧 살아 있는 생명체처럼 마구 요동쳐 댔고,

이히히히히히히히히히히히ー!

이윽고 소름끼치는 귀곡성이 장내를 가득 뒤덮기 시작했다.

"크으으윽!"

구양명이 침음성과 함께 비척거렸다.

귀곡성에 실린 마기가 그의 심령을 일시적으로 뒤흔들어놓은 것이었다.

이윽고 그림자에서 튀어나오는 검은 쇠사슬!

촤르르륵—!

튀어나온 쇠사슬은 실제 쇠사슬과 같은 거친 쇳소리를 자아내면서 그의 전신을 칭칭 감싸기 시작했다.

"이, 이게 무슨……!"

방금 전에는 웬 계집이 냉기로 무형의 기운을 얼리더니, 이번에는 그림자가 쇠사슬로 변해서 자기 몸을 속박해 버리다니!

사술인지 환술인지 도저히 알 수 없을 지경이었다.

그만큼 작금의 상황은 정상적이지 않았다. 노강호인 구양명의 경험도 이 순간만큼은 무용지물이었다. 하지만 그 와중에도 그는 마냥 당황만 하지는 않았다.

어느새 구양명의 오른손에 들린 종.

구양중과 마찬가지로 그 또한 십대마공인 수라마혼령을 익혔다.

그럼에도 이제껏 쓰지 않은 것은 혈혼인이 있는 마당에 굳이 자신이 나설 필요가 없었고, 혹여 수라마혼령에 의해서 기껏 제압한 대정회 무인들을 못 쓰게 만들지 않을까 하는 우려 때문이었다.

하지만 지금은 그런 사소한 걸 따지고 말고 할 때가 아니었다.

이윽고 구양명이 수중의 종이 흔들려는 찰나, 그의 오른팔을 감싸고 있던 쇠사슬 중 일부가 빠르게 움직였다.

챙그랑!

마치 유리조각이 부서지는 듯한 소리와 함께 산산조각 나는 종!

그 파편 조각을 허망하게 바라보는 구양명의 귓가로 낯선 음성이 들려왔다.

[괜한 헛수고하지 마시오, 환혼시마.]

'이건?'

예의 목소리가 특정 방향이 아닌 온 사방에서 들려왔다.

육합전성(六合傳聲)의 수법이었다.

어지간한 고수는 흉내조차 낼 수 없는 고도의 기술이었지만, 정작 구양명의 신경을 거슬리게 하는 것은 따로 있었다.

[어차피 당신의 목숨은 내 손바닥 위에 있는 거나 마찬가지니까.]

처음부터 그랬지만, 이번에도 역시 어디선가 많이 들어본 말이었다. 그리고 재차 이어지는 말에 구양명의 얼굴이 사정없이 일그러졌다.

[그러니 순순히 운명을 받아들이시지, 늙은이.]

"이, 이······!"

구양명은 깨달았다.

지금 음성의 주인이 하는 말이 방금 전에 그가 운검을 비롯한 대정회 무인들에게 했었던 말을 그대로 똑같이 따라 한 것임을.

하지만 막 분노를 토해내려는 순간, 그의 뇌리에 한 가지 의문이 떠올랐다.

'잠깐! 뭔가, 뭔가가 이상하다.'

육검선자.

임무를 위해서 특별히 그분이 빌려준 특별한 생강시!

제아무리 임시로 부리는 거라지만, 엄연히 지금 그녀의 주인은 구양명이었다.

그런데 어찌 그녀가 주인인 구양명의 위기에도 불구하고 여태껏 코빼기도 보이지 않는 거란 말인가?

서둘러 사방을 두리번거리는 것도 잠시, 곧 그의 시야로 믿을 수 없는 광경이 펼쳐졌다.

"이, 이럴 수가!"

무적이라고 믿어 의심치 않았던 육검선자. 그녀가 못 본 사이에 실로 낭패한 몰골로 힘없이 쓰러져 있었다.

그리고 그녀를 무심히 내려다보고 있는 것은 웬 청의경장 차림의 소녀였다.

그녀를 보자마자 구양명은 소녀의 정체를 바로 알아봤다. 아니, 몰라보는 게 더 이상했다.

청의 소녀는 다름 아닌 구양명 그의 손에 의해서 직접 만들어진 역작 중 하나였으니까.

"환혼빙인!"

진백과 함께 임무를 떠났다가 졸지에 이신에게 빼앗겨 버린 그 환혼빙인!

더욱이 구양명에게 내려진 임무 중 하나도 그녀를 회수하는 것 아니었던가. 그런데 설마 그녀와 이런 식으로 재회하게 될 줄이야.

'이게 어찌 된 일이지?'

환혼빙인이 희대의 마물이고, 그 힘이 놀랍다는 건 구양명 자신도 익히 잘 알고 있었다.

하나 객관적으로 완성도만 놓고 봤을 때, 혈혼인도 결코 그에 뒤지지 않았다.

오히려 화경급을 넘어서 무려 입신경의 고수인 육검선자를 소재로 했기 때문에 단순히 실력만 놓고 본다면 환혼빙인은 절대 혈혼인을 쓰러뜨릴 수 없어야 맞았다.

그런 의구심 때문에 구야명은 다시금 육검선자의 상태를

자세히 관찰했고, 곧 깨달았다.

육검선자의 몸에 난 상처들. 그건 모두 다 검에 의해서 난 것이었다.

그리고 지금 환혼빙인의 수중에는 그 어떤 날붙이도 들려져 있지 않았다.

'다른 놈이다! 환혼빙인이 아니라 다른 자가 그사이에 혈혼인을 제압한 것이다! 한데……'

도대체 어느 누가 그런 짓을 할 수 있단 말인가?

그나마 가능성이 있다면 앞서 육검선자를 압도하던 신수연 정도겠지만, 그녀는 이미 장내에서 사라진 지 오래였다.

거기다 정말로 그녀에게 당했다면 검흔보다는 동상의 흔적이 먼저 보여야 마땅했지만, 그런 건 전혀 찾아볼 수 없었다.

즉 제삼자의 짓이란 소리였다.

그와 동시에 구양명은 한 가지 잊고 있던 사실을 떠올렸다.

'본월의 정보에 의하면 분명히 환혼빙인은 그자의 수중에…… 서, 설마?!'

그리고 그 순간, 그의 등 뒤에서 한 사내가 소리 없이 조용히 나타났다.

"이야기는 여기까지."

"헉……!"

갑자기 느껴지는 인기척과 음성에 구양명은 소스라치게 놀랐지만, 이내 깨달을 수 있었다.

등 뒤의 사내야말로 내내 구양명을 자극하던 예의 음성의 주인이자 환혼빙인의 주인, 또한 방금 전 그의 뇌리에 떠오른 인물이라는 것을.

"잠시 눈이라도 붙이라고."

하나 그걸 직접 눈으로 확인하기도 전에 구양명의 의식이 흐릿해졌다.

그리고 그의 몸 역시 천천히 그 끝을 알 수 없는 그림자의 늪 속으로 빠져들기 시작했다.

第二章
성화지주(聖火之主)

커다란 전각.

고풍스러운 제단과 청동화로가 한데 자리한 공간에서 한 인영이 경건하게 기도를 올리고 있었다.

이제 갓 묘령을 넘긴 듯한 흑의 여인.

여물 대로 여문 여체가 고스란히 드러나는 보기에도 아찔한 궁장 차림을 한 것과 달리 그녀는 유독 잔잔한 호수처럼 심유하기 그지없는 눈빛을 가지고 있었다.

기도를 마친 흑의 여인의 시선이 줄곧 상석에 위치한 청동화로에서 떨어질 줄을 몰랐다.

남들 눈에는 일견 투박하고 별 볼 일 없어 보이는 청동화로였지만, 흑의 여인의 눈에는 그것이 세상 그 무엇보다 진귀한 보물로 보였다.

그럴 수밖에 없었다.

이곳 성화전(聖火殿)이 세워진 이유 자체가 바로 눈앞의 청동화로, 성화로(聖火盧)를 모시기 위함이었으니까.

우우우우웅—

그때 웬 이상한 소음이 석실 안에 울려 퍼졌다.

마치 무언가가 공명하면서 내는 듯한 소리.

그와 함께,

화르르륵—!

난데없이 성화로 위로 뜨거운 불길이 치솟아 올랐다.

그냥 불길이 아니었다.

검은 불꽃.

마치 칠흑을 그대로 녹여낸 듯한 그 불길한 흑염을 말없이 바라보던 흑의 여인의 두 눈에도 어느새 그와 비슷한 흑광이 떠올랐다.

흡사 흑염과 흑의 여인이 서로 소통하는 듯한 광경!

그러다 흑의 여인의 눈에 가득 찼던 흑광이 점차 점멸하기 시작했다.

그걸 신호삼아 성화로 안에서 불타오르던 흑염도 언제 그랬냐는 듯 순식간에 사그라졌다.

갑작스럽게 찾아온 정적.

그 여운이 채 가시기도 전에 흑의 여인의 등 뒤에서 한 줄기 음성이 들려왔다.

"성화의 계시인가."

목소리의 주인.

그는 다름 아닌 지난날 무한의 관도에서 나타난 그 청년이었다.

흑의 여인은 고개를 숙이는 것도 모자라서 곧바로 오체투지까지 했다.

그 이유는 이어지는 그녀의 인사를 통해서 밝혀졌다.

"혈승을 뵙습니다."

혈승.

혈교의 교주이자 과거 성존을 제외하고는 누구에게도 패한 적이 없는 절대고수.

그 엄청난 칭호를 이어받은 청년은 씩 웃으면서 소매 자락을 가볍게 흔들었다.

그러자 봄바람처럼 살랑거리듯 불어오는 무형의 기운이 바닥에 엎드려 있던 흑의 여인의 몸을 부드럽게 일으켜 세웠다.

"인사는 됐다. 너와 나 사이에 무슨."

그리 말하는 청년, 혈승의 입가에는 애틋한 미소가 떠올랐다.

사랑하는 정인보단 같은 피붙이에게 보내는 애정 쪽에 가까운 미소.

그러고 보면 혈승과 흑의 여인, 두 사람은 놀라울 만치 외모가 비슷했다. 과장을 조금 더 보태자면 흡사 서로 거울을 마주하는 듯한 착각이 들 정도였다.

실제로 두 사람은 한 배에서 태어난 남매였다. 그것도 한날 한시에 태어난 쌍둥이.

그렇기에 오랜만에 보는 쌍둥이 여동생을 향한 혈승의 눈빛이 애틋한 것은 당연한 일이었다.

물론 그런 그의 모습이 지난날 좌호법이란 중년인 앞에서 권태와 오만으로 일관하던 그때의 그와 과연 동일 인물이 맞는지 의심이 들 정도로 꽤나 이질적이긴 했지만 말이다.

그렇게 훈훈한 모습을 보이는 것도 잠시, 혈승은 엄숙한 표정으로 말했다.

"그보다도 어서 말해 보거라. 조만간 본 월에게 닥쳐올 미래를."

혈승의 물음에 성녀는 천천히 고개를 들었다.

그런 그녀를 응시하는 혈승의 얼굴에는 약간의 홍분과 미소가 떠나질 않았다.

하지만 그의 미소는 이어지는 성녀의 무뚝뚝한 말과 함께 거짓말처럼 사라졌다.

"검은 달 아래 드리운 광대한 어둠, 그 어둠을 몰아낼 한 줄기 광명이 찾아오리라."

검은 달.

그것이 자신들의 조직, 흑월을 의미한다는 것쯤은 삼척동자라도 쉬이 알 수 있는 사실이었다.

한데 대관절 어둠을 몰아낼 한 줄기의 광명은 뭐란 말인가?

혈승은 대놓고 불쾌하다는 표정을 지으면서 말했다.

"그게 끝이냐?"

"네."

"곧 찾아올 한 줄기 광명이라. 그게 무엇이냐?"

"저도 잘 모르겠습니다."

그 말을 끝으로 성녀는 침묵했다. 마치 자신이 할 수 있는 말은 거기까지라고 딱 선을 긋는 것처럼.

하지만 혈승은 순간적으로 성녀의 한쪽 눈꼬리가 미세하게 떨리는 것을 놓치지 않았다.

'뭔가를 숨기고 있군.'

단둘밖에 없는 것처럼 보이지만, 지금 성화전 내부에는 보이지 않은 눈들이 우글우글했다.

당장 혈승 자신이 심어둔 것도 있고, 그의 정적들이 심어둔 눈도 적잖았다.

그만큼 이곳 성화전은 복마전 중의 복마전이었다.

아마도 성녀가 입을 다문 것도 그 보이지 않는 눈들을 의식한 결과일 터.

'그렇다면 기막을 펼쳐서 다시 물어보면 될 일이지.'

막 그가 주변으로 기막을 펼쳐서 주변의 이목을 차단하려고 할 때였다.

[문제가 생겼습니다.]

갑자기 기막 사이를 불쑥 비집고 들려오는 전음.

그 음성의 주인은 다름 아닌 좌호법이었다.

음성에 실린 다급함에 혈승은 내심 의아한 표정을 지었다.

[무슨 일이지?]

[우호법과의 연락이 끊어졌습니다.]

[……!]

그 순간 혈승의 표정이 일변했다.

우호법, 세상 사람들은 환혼시마라고 부르는 구양세가의 태상가주.

그는 혈승으로부터 임무를 받음과 동시에 주기적으로 연락을 주고받고 있었다.

한데 그와의 연락이 끊어졌다니.

그가 수행하던 임무를 생각하면 절대로 있을 수 없는 일이었다.

변수.

틀림없이 변수가 일어난 것이다.

무슨 일인지 몹시 궁금했지만, 혈승은 애써 물음을 참았다.
앞서도 말했지만, 이곳 성마전 내부에는 보이지 않는 눈이 많
았으니까.

'자리를 옮겨야겠군.'

그는 미처 성녀에게 작별의 말조차 하지 않은 채 서둘러 성
화전을 나섰다.

지금 그의 머릿속에는 무슨 뜻인지 알아듣지도 못할 계시
보다는 작금의 상황부터 파악하는 게 더 우선이었으니까.

파팟―!

눈 깜짝할 새에 멀어지는 혈승.

그의 뒷모습을 바라보면서 성녀는 남몰래 안도의 한숨을
내쉬었다.

무슨 일인지는 몰라도, 참으로 천만다행이었다.

아무리 사실을 숨기려고 해도 혈승 쪽에서 작정하고 캐물으
면 끝내 털어놓을 수밖에 없는 것이 현재 그녀의 입장이었으
니까.

그렇게 가까스로 고비를 넘긴 가운데, 성녀는 다시금 성화
로를 향해서 기도를 올리기 시작했다.

그와 동시에 좀 전에 일부러 말하지 않았던 계시의 마지막

구절, 오라버니인 혈승이나 보이지 않는 눈의 주인들이 들었다면 경악하였을 그 말을 속으로 뇌까렸다.

'…그리하여 성화는 마침내 진정한 주인을 맞이하게 되리라.'

머지않아 다가올 미래.

그것을 남몰래 기대하면서 그녀의 기도는 오래도록 계속되었다.

*　　　*　　　*

"응?"

가만히 자리에 앉아 있던 유세화가 돌연 뒤를 돌아봤다.

갑작스러운 그녀의 행동에 마주앉아 있던 구양소소가 의아하다는 표정을 지었다.

"왜 그러세요, 언니?"

"아니, 누가 날 부른 것 같아서……."

그리 말하긴 했지만, 정작 유세화 스스로도 별로 확신이 안 선다는 표정이었다.

구양소소가 고개를 갸웃거렸다.

"언니를 부르다뇨? 여긴 저희 말고는 없는데요? 혹시 어디 안 좋으신 건……."

"얘는. 그런 거 아냐."

구양소소가 걱정스러운 표정으로 바라보자 유세화는 얼른 손사래를 치면서 그녀를 진정시켰다.

하긴 지금 그녀의 몸 상태는 무한을 떠날 때에 비해서 현격하게 좋아졌다. 무공 수위도 전보다 한층 높아져서 이제는 웬만한 잔병치레는 하지도 않을 정도였다.

이게 다 하루도 빼먹지 않고 꾸준히 행한 만형검로 수련의 결과였다.

'그럼 도대체 아까 전의 그건 뭐였지?'

몸 상태가 나쁜 것도 아닌데 난데없이 환청을 듣다니.

아무리 생각해도 이상했다.

'혹시······.'

딱 하나, 집히는 부분이 있었다.

성화.

이신은 말했다. 지금 자신의 몸 안에는 정화된 성화가 자리 잡았다고. 혹 그로 인한 영향이 아닐까?

그럴지도 모른다. 하나 어디까지나 혼자만의 추측에 불과하기에 유세화는 쉬이 입 밖으로 내뱉지 않았다.

그때, 구양소소가 은근한 표정을 지으면서 말했다.

"저기, 언니. 혹시 혼자서 몰래 사부님 생각이라도 하신 거 아니에요?"

"뭐, 뭣?"

살짝 짓궂은 구양소소의 말에 유세화의 얼굴이 대번에 확 붉어졌다.

"애, 애는! 그, 그런 거 아냐."

"정말요? 진짜로 사부님 생각한 거 아니에요? 하늘에 맹세 코?"

"그……."

집요하다 싶을 정도로 꼬치꼬치 캐묻는 구양소소.

이에 유세화가 살짝 난처하다는 표정을 지으면서 뭐라고 말하려는 찰나, 그녀의 등 뒤에서 반가우면서도 익숙한 음성이 들려왔다.

"소소, 함부로 어른을 놀리면 못 쓴다."

"사부님!"

음성의 주인, 이신의 훈계에도 구양소소는 곧장 그 자리에 서 벌떡 일어났다.

그러고는 냉큼 쪼르르르 이신을 향해서 달려가서 그의 품에 안겼다.

마치 조그마한 반려 동물이 자신의 주인을 열렬이 반기는 듯한 모습이었다.

이에 이신도 별다른 말 없이 품 안에 안긴 구양소소의 머리를 쓰다듬었다.

그렇게 두 사제의 훈훈한 해후를 지켜보는 것도 잠시, 유세화가 말했다.

  "가신 일은 잘되셨어요?"

  그녀의 물음에 이신은 구양소소의 머리를 쓰다듬으면서 말했다.

  "대충은."

  다소 성의 없게 느껴지는 대답이었지만, 원래 이신이 필요한 말 이외에는 잘 하지 않는 성격임을 알기에 유세화도 별생각 없이 넘어갔다.

  그렇게 대화가 싱겁게 끝나나 싶을 때, 약간의 터울을 두고 이신의 말이 불쑥 이어졌다.

  "그리고 한 가지 화매랑 의논해야 할 일이 있어."

  "저와 의논할 일이요?"

  어지간해선 자기 선에서 처리하는 이신이 자신과 의논해야 한다고 하다니.

  유세화의 반문에 이신은 고개를 끄덕였다.

  "뜻밖의 동행이 생겼거든."

  "동행이요?"

  유세화는 더더욱 오리무중에 빠져드는 기분이었다.

  그리고 잠시 후, 그녀는 자연스레 이신의 말이 무슨 뜻인지 알게 되었다.

"오랜만에 뵙겠습니다, 유 소저. 그간 잘 지내셨는지요?"

무당신룡.

차기 무당제일검이라고까지 불리는 젊은 도사의 정중한 인사에 유세화는 순간 어찌 할 바를 몰라 했다.

설마 이신이 말한 동행이란 게 운검을 가리키는 것일 줄은 꿈에도 몰랐기 때문이다.

놀람은 거기서 끝나지 않았다.

객방 안에 임시로 마련된 보조 침상 위에 나란히 누워 있는 다섯 명의 남녀.

운검이 대신 소개하길, 그들은 무려 구대문파의 제자들이었다. 그것도 하나같이 운검과 엇비슷하거나 아니면 그 이상의 신분을 자랑했다.

일례로 소맷자락에 정교한 매화 문양이 수놓아져 있는 검은 도복 차림의 청년만 하더라도 그 신분이 남달랐다.

역대 최연소 매화검수로 선정된 뛰어난 검술과 남다른 협의지심으로 따로 매화검협(梅花劍俠)이란 별호로 불리는 화산파의 염휘 도장이었다.

그런 대단한 사람들을 한자리에, 그것도 같은 객잔에서 마주하게 되다니.

거기다 딱 봐도 운검 등은 정상적인 몰골이 아니었다.

창백한 안색과 온몸 곳곳에 두른 헝겊, 그리고 코끝을 살짝 찌르는 고약 냄새까지…….

정확한 내막까지는 잘 모르겠지만, 적어도 그들이 좀 전까지 험난한 고난을 겪었다는 것쯤은 유세화도 쉬이 알 수 있을 정도였다.

유세화의 고개가 자연스레 옆에 서 있는 이신 쪽으로 향했다.

따로 뭐라고 입을 열지는 않았지만, 그녀의 눈빛은 이게 어찌 된 일이냐고 그에게 캐묻고 있었다.

이에 이신은 별로 대수롭지 않다는 듯한 태도로 말했다.

"사냥하다가 우연히 만나게 되었어."

"사냥이라고요? 거기다 우연히?"

도대체 누가 그 말을 믿을까?

기가 막힌다는 유세화의 표정은 아랑곳없이 이신은 이어서 말했다.

"그리고 가는 방향이 같다더군."

"정말로요? 뭔가 저한테 숨기고 계신 건 아니죠?"

거듭되는 유세화의 반문에 이신은 말없이 쓴웃음만 머금었다.

스스로 생각해도 급조한 티가 역력한 대답이었지만, 어쩔 수 없었다.

사정을 있는 대로 다 말하려면 필연적으로 구양명과 운검 일행 사이에 있었던 일에 대해서 설명할 수밖에 없는데, 문제는 대정회에 관한 정보는 구대문파 내에서도 극비로 취급된다는 사실이었다.

 이신이야 예전에 구대문파 간의 은밀한 회담이 있을 거라는 말을 들었고, 직접 그들을 구한 은인이라 상관없었지만 유세화는 달랐다.

 그렇기에 운검은 가급적 이신에게 대정회에 관한 것은 비밀로 해달라고 거듭 신신당부했다.

 그것이 유세화에게 사정을 있는 그대로 말할 수 없는 진짜 이유였다.

 '물론 그뿐만이 아니지.'

 이신은 천천히 반 시진 전에 있었던 일들을 떠올리기 시작했다.

 "비록 처음 계획과는 달라졌지만, 결국 사냥에 성공하긴 했군요."

 "……."

 그림자의 늪 속으로 천천히 가라앉는 구양명을 보면서 단무린이 툭 내뱉듯이 말했다.

 하나 그의 말에 이신은 별반 이렇다 할 반응조차 보이지 않았다. 그보다는 깊이 생각에 잠긴 얼굴로 침묵할 따름이었다.

이에 단무린이 의아한 표정으로 말했다.

"왜 그러십니까, 형님?"

그들의 목표였던 구양명을 붙잡았다.

의당 기뻐해야 마땅하거늘. 어찌 이신의 반응은 이리도 미적지근하단 말인가?

"형님?"

단무린의 거듭되는 부름에 그제야 이신은 다물고 있던 입을 열었다.

"…이상해."

"무엇이 말입니까?"

"나는 처음 흑월이란 조직이 배교의 잔당들로만 이뤄진 거라고 생각했다. 한데……."

이신의 시선이 한쪽으로 향했다. 단무린의 시선 역시 무심결에 그를 따라 움직였다.

그러자 육검선자가 아무렇게나 바닥에 널브러져 있는 게 보였다.

그녀를 바라보면서 이신은 마저 못 다한 말을 이었다.

"저건 아무리 봐도 배교와는 아무런 관계가 없는 물건 같단 말이지."

'그러고 보니…….'

확실히 지금까지 알려진 구양세가의 강시와는 질적으로 다른 물건이었다.

비록 중간에 구양명이 개입한 뒤로 움직임이 꽤나 단조로워지긴 했지만, 그전까지 육검선자가 선보인 움직임은 실제 입신경의 고수와 비교해도 손색이 없을 만큼 뛰어났다.

거기다 무려 다섯 개나 되는 검을 동시에 어검술로 부리다니.

한낱 강시의 무위라고는 믿기지 않을 정도였다.

'혈혼인… 이라고 했었지.'

분명 구양명은 그리 말했다.

단무린은 재빨리 머릿속의 기억을 더듬었다.

그의 머리 안에는 무려 수백 년에 달하는 환마종의 지식과 정수가 가득 차 있었다.

과연 그게 인간으로서 가능한 일인가 싶지만, 단무린에게는 가능한 일이었다. 그는 역대 환마종의 역사를 다 뒤져 봐도 손에 꼽을 만큼 천재적인 두뇌의 소유자였으니까.

아무튼 평소 이상의 집중력을 발휘한 단무린은 결국 발견해냈다.

혈혼인과 관련해서 가장 비슷하고 유력한 정보를.

"혈마천강시(血魔天僵屍)……!"

"흠, 역시 혈교 쪽인가."

이신은 그럴 줄 알았다는 표정으로 뇌까렸다.

사람들이 혈교하면 가장 먼저 뇌리에 떠올리는 것은 누가 뭐래도 혈마천강시, 줄여서 혈강시였다.

혈강시는 십대마공 중에서도 가장 최악으로 꼽히는 천강시마공(天僵屍魔功)으로 제련한 마물이었는데, 혈교의 멸문과 함께 십대마공의 맥이 끊긴 뒤로는 더 이상 볼 수 없게 되었다는 게 정설이다.

한데 이번에 구양명과 함께 나타난 혈혼인은 아무리 봐도 구전으로만 전해지는 그 혈마천강시와 유사한 특징을 자랑했다.

특히 생전의 무공을 거의 그대로 구사할 수 있다는 부분이 매우 흡사하였다. 하지만 단순히 그것만 가지고 그들을 혈교와 연관이 있다고 보는 게 아니었다.

과거 귀령염사 구양중은 천강시마공과 같은 십대마공 중 하나인 수라마혼령을 사용했다. 또 그 뒤에 나타난 뇌정마도 마운기 역시 십대마공 중 하나인 혈염공을 익히고 있었다.

한두 가지 정도야 어떻게 기연이나 막대한 자본 등으로 구할 수 있다고 칠 수 있다. 하지만 그냥 무공도 아니고 무려 전설로 전해지는 십대마공이 하나도 아니고, 무려 세 개가 동시에 나타난다?

그게 과연 상식적으로 가능한 일일까?

이에 이신은 어렴풋이 깨달았다.

흑월, 그들은 어쩌면 단순히 배교의 잔당들로만 이뤄진 조직이 아닐지도 모른다고. 그리고 이번 일을 계기로 마침내 확신하게 되었다.

배교의 잔당과 혈교. 그들이 서로 손을 잡은 것이다. 막후에서 무림을 지배하는 암중세력, 흑월이라는 형태를 가장해서 말이다.

그리 생각하자 앞서 품고 있던 자잘한 의문들이 말끔하게 해소되었다.

그런 이신의 생각에 단무린은 단번에 고개를 끄덕이며 동조했다.

"저 또한 그럴 가능성이 높다고 봅니다. 뿐만 아니라…."

"뿐만 아니라?"

또 무엇이 있단 말인가?

궁금증 어린 이신의 시선에 단무린은 신중한 어조로 답했다.

"어쩌면 그들은 내전 중일지도 모르겠습니다."

"내전이라고?"

단순히 배교의 잔당과 혈교가 손을 잡았다는 정보 하나만 가지고 어찌 거기까지 유추해 낼 수 있단 말인가?

하나 단무린이 함부로 허튼 소리를 내뱉을 위인이 아니라는 걸 이신은 누구보다 잘 알고 있었다.

뭣보다 그는 혈영대의 두뇌라고까지 불린 독심유환이 아니던가?

과연 이신의 생각대로 단무린은 곧장 합당한 근거를 제시했다.

"지금 제 그림자 안에 들어온 환혼시마의 기억 중에 그와 관한 것이 있습니다."

기억의 흡수.

오직 진야환마공만이 가능한 공능 중 하나로 그림자, 특히 단무린 자신의 그림자 안에 들어온 사물의 정보를 실시간으로 습득할 수 있었다.

지금껏 단무린이 말해온 자신만의 정보망이란 것도 다 이 진야환마공에서 비롯된 것이었다.

또한 그림자를 통해서 먼 거리에 있는 사람과의 연락도 가능했다. 앞서 신수연과 빠르게 연통을 나눌 수 있었던 것도 그 때문이었다.

그런 단무린의 재주를 익히 잘 알고 있기에 이신은 고개를 끄덕였다.

"내전이라. 적어도 하나로 뭉쳐져 있지는 않다는 거군."

"네. 그리고 이번에 환혼시마가 나온 것은 아무래도 저것 때문 같습니다."

단무린의 손가락이 한쪽으로 향했다.

그러자 이신의 시선이 따라 움직였고, 그곳에는 멍하니 서 있는 청의 소녀, 환혼빙인이 있었다.

"환혼빙인이라. 저것을 제련한 게 환혼시마인가?"

"그것도 그거지만, 정확히는 그 안에 깃들어 있던 무언가를 회수하는 게 진정한 목적으로 보입니다. 그 이상은 엿보기가 어렵군요."

단무린은 내심 아쉽다는 표정으로 말했다.

그림자에 속하는 사물의 기억을 엿보는 게 가능한 진야환마공이라고 한들, 그것이 무조건 만능이 아니라는 게 증명되는 순간이었다.

하나 이신은 실망하지 않았다.

굳이 단무린이 기억을 더 읽지 않더라도 구양명의 진짜 목적이 뭔지 깨달았기 때문이다.

'성화의 기운이로군.'

이미 자신이 흡수한 지 오래인 그것을 회수하는 게 환혼시마의 진짜 목적이었다.

그만큼 흑월에게 있어서 성화의 기운이 중요하다는 의미일 터.

확실히 이전에 진백에게서 흡수한 성화의 기운이 탁하고 티끌만 한 정도로 미비했다면, 환혼빙인에게서 흡수한 성화의 기운은 그보다 훨씬 정순한 것도 모자라서 모종의 의지마저 지니고 있었다.

즉, 그만큼의 순도를 자랑하는 성화의 기운이 생각 외로 적다는 것이리라.

달리 말하자면 그 정도 순도의 성화의 기운이 있어야지만 비로소 제대로 된 환혼빙인을 제련할 수 있다는 뜻으로도 해석할 수 있었다.

'그래서 저들이 화매를 필요로 하는 건가?'

어쩌 유세화를 흑월에게 빼앗겨선 안 되는 이유가 하나 더 추가되는 기분이었다.

또한 그 이상으로 썩 달갑지 않은 말이 단무린의 입에서 튀어나왔다.

"그리고 조만간 흑월 쪽과 어떤 식으로든 충돌할 것 같습니다."

"이유는?"

이신의 반문에 단무린은 막힘없이 답했다.

"조금 전에 환혼시마의 몸에 일종의 금제 비슷한 주술이 걸려 있는 걸 확인했습니다."

"금제?"

"뭐, 금제라고 해서 그렇게까지 거창한 건 아닙니다. 그저 어느 특정 인물에게 자신의 현 위치를 실시간으로 알리는 개 목걸이 같은 거죠. 물론 제 그림자 안에 갇힌 이상, 금제고 나발이고 간에 전부 무용지물이지만요."

진야환마공의 위용을 은근 자랑하는 단무린이었지만, 이신은 보다 근본적인 부분을 놓치지 않았다.

"즉 환혼시마의 행적이 묘연해졌기 때문에 이후 흑월에서 어떤 식으로든 움직일 거란 소리군."

"그의 행적을 추적할 만한 단서가 아예 없는 것도 아니니까요."

단무린과 이신의 시선이 거의 동시에 혼절해 있는 운검과 대정회 무인들 쪽으로 향했다.

공식적으로 맨 마지막에 환혼시마와 마주한 것이 그들이었다. 당연히 흑월 입장에선 그들의 행적에 대한 조사부터 시작해야 할 터.

"이거 참. 일이 귀찮게 되었군요."

"아니, 어쩌면 오히려 잘된 일일지도 모르지."

"네?"

갑작스러운 이신의 말에 단무린이 의아한 표정을 지으며 반문했다.

이에 이신은 입 꼬리를 살짝 올리면서 말했다.

"사냥은 아직 끝나지 않았다는 소리지."

"······!"

사냥.

그 말을 듣자마자 단무린은 단번에 이신의 속셈이 뭔지 깨달았다.

'과연 그런 건가?'

이에 뭐라고 말을 이으려는 찰나였다.

"으음……."

느닷없이 들려오는 신음성. 신음성의 주인은 다름 아닌 운검이었다.

그가 깨어날 조짐이 보이자 단무린은 서둘러, 그러나 조용하게 그림자 속으로 스르르 녹아들 듯 사라졌다. 물론 환혼빙인을 챙기는 것도 잊지 않았다.

얼마 지나지 않아 마침내 운검이 눈을 떴다.

"으음, 여, 여긴……?"

"정신 들었나?"

"엇, 이 대협? 어, 어찌 이곳에……? 아니, 그보다 환혼시마, 그놈은 어디에……?!"

무한에 있어야 할 그가 갑자기 나타났다는 것과 혼절하기 직전까지 그와 동료들을 위협하던 구양명이나 육검선자가 보이지 않는다는 사실에 운검은 순간 당황을 금치 못했다.

반면 이신은 차분한 어조로 말했다.

"하나씩 물어보게. 어차피 시간은 많으니까."

"아, 네…."

저도 모르게 그만 못 보일 꼴을 보이고 말았다는 사실에 운검의 얼굴이 살짝 붉어졌다.

이에 이신이 다 이해한다는 표정을 지으면서 말했다.

"우선 내가 여기에 있는 이유는 간단하네. 나 또한 환혼시마의 뒤를 쫓고 있었거든."

"아……!"

그 말 한마디에 갑자기 신수연이 나타나서 자신들을 구해 준 것부터 시작해서 뇌리에 가득 차 있던 일련의 의문들이 해소되었다.

그래도 혹시나 하는 마음에 물었다.

"그럼 환혼시마는……?"

"글쎄. 지금 여기에 그 대신 내가 있다는 것만으로도 충분한 대답이 되지 않을까?"

"으음!"

일견 두루뭉술한 이신의 반문이었지만, 그의 말마따나 그것만으로도 충분했다.

그 외에도 이신은 금와방의 이중장부와 그를 통해서 알게 된 대략적인 사실들을 간략하게 설명했다.

환혼시마의 뒤를 쫓고 있던 이유나 명분이 무엇인지 확실하게 설명하려는 것도 있거니와, 서로 정보를 공유하자는 목적도 은연중에 깔려 있었다.

대정회가 무슨 이유로 환혼시마에 대해서 의심하게 된 것인지 그 자세한 내막이 궁금하기도 했고, 뭣보다 대정회와 이신은 흑월이라는 공동의 적을 두고 있는 상황이었다.

기왕이면 서로 협조하는 편이 더 나을 것 아닌가.

그렇게 설명을 모두 마침과 동시에, 슬슬 이신은 진짜 본론으로 들어갔다.

"그나저나 그 몸으로는 당분간 멀리 이동하기는 어렵겠군."

"네……."

운검이 절로 근심 어린 표정으로 답했다.

지금 대정회 무인들에겐 다른 무엇보다 휴식이 필요했지만, 안타깝게도 상황이 여의치 않았다.

뭣보다 구양명이 속한 예의 조직이 자신들을 노리고 있다는 게 가장 큰 문제였다.

'몸이 정상이라도 불안한 판국이거늘……'

이신이 대뜸 그에게 뜻밖의 말을 내뱉은 것은 그에 대한 걱정과 불안감이 절로 운검의 어깨를 무겁게 짓누르고 있을 때였다.

"마차가 하나 있네."

"네?"

"무한까지라도 괜찮다면, 같이 가겠나?"

"……!"

동행 제안.

다른 일행의 안전을 책임져야 하는 운검의 입장에선 너무나 매력적인 제안이었다.

아니, 매력적인 걸 넘어서 파격적이었다.

이신은 물론이거니와 그의 동료인 신수연만 하더라도 그 무시무시한 육검선자를 상대로 밀리지 않고, 오히려 압도하는 무위를 선보이지 않았던가?

그런 고수들이 자청해서 동행을 제안한다는 것은 크나큰 행운이라 볼 수 있었다.

오히려 이신이 말하기 전에 운검 쪽에서 먼저 부탁했어야 마땅했다. 즉, 이어지는 운검의 대답은 이미 처음부터 정해져 있는 거나 마찬가지였다.

*　　　*　　　*

"부디 잘 부탁드립니다."

운검의 정중한 인사에 이신은 짧은 회상에서 깨어났다.

다시 현실로 돌아온 그의 눈에 고개를 직각으로 깍듯이 숙인 운검과 이에 어쩔 줄 몰라 하는 유세화의 모습이 들어왔다.

'화매에게는 좀 미안하군.'

무슨 일이든 일단 그녀와 먼저 상의하겠다고 다짐했는데, 그 결심이 무색하게 또다시 독단적으로 일을 진행하고 말았다.

그리고 비단 미안한 것은 그녀뿐만이 아니었다.

운검은 아무런 대가 없이 이신의 도움을 받는 거라 여기겠지만, 실상은 그게 아니었다.

오히려 이신이 도움을 준다는 명분하에 그와 동료들을 이용하는 것이라고 보는 게 정확했다.

다름 아닌 흑월의 사냥을 위한 미끼로서 말이다.

'거기다……'

이신의 시선이 절로 유세화에게로 향했다. 그런 그의 시선을 그녀는 미처 깨닫지 못했다.

이신의 입꼬리가 소리 없이 살짝 올라갔다.

'슬슬 다음 단계로 넘어갈 때도 되었으니까.'

실로 의미심장한 미소였다.

第三章
세화발검(洗華拔劍)

　다음 날.

　이신 일행은 해가 뜨기 무섭게 객잔을 나섰다.

　딱히 이신 등은 급하게 길을 떠나야 할 이유가 없었지만, 새로이 동행으로 합류하게 된 대정회 무인들의 사정은 달랐다.

　그들은 조직에서 내린 임무를 실패하는 것도 모자라서 하마터면 구양명에 의해 생강시로 제련되어 꼼짝없이 흑월의 꼭두각시로 전락할 뻔했다.

　그런 무서운 사실을 한시라도 빨리 사문에 알리지 않으면 안 되었다.

어찌 보면 그것이 지금 그들에게 내려진 새로운 임무라고
볼 수도 있었다.

그렇기에 서둘러 길을 떠나게 된 것이었는데, 이신이 모는
사두마차를 보자마자 그들은 내심 화들짝 놀라지 않을 수 없
었다.

소유붕이 특별히 엄선하여 구한 사두마차인 만큼, 그 위용
은 어지간한 고가의 물건에도 눈 하나 깜짝하지 않는 대정회
무인들마저 놀라게 할 정도였다.

그러나 정작 그들의 관심을 받은 사람은 마차를 구해온 소
유붕이 아닌 전혀 엉뚱한 사람이었다.

'유가장의 재력이 이 정도였단 말인가?'

'보기와 다르군.'

비록 유가장이 과거 무한을 대표하는 명문무가였다고는 하
나, 지금에 와서는 그 이름이 유명무실해진 지 오래였다.

그나마 최근 이신이라는 걸출한 신진고수가 등장함으로써
상황이 달라지긴 했지만, 유가장 자체는 여전히 무림의 흔한
중소문파 중 하나로 여겨질 뿐이었다.

한데 그런 유가장에서 이런 고급스러운 사두마차를 준비하
다니. 일개 중소방파의 재력으로는 어림도 없는 일이었다.

때문에 그들의 머릿속에서 유가장과 유세화에 대한 평가는

확연히 달라졌다.

그러거나 말거나 유세화는 구양소소와 함께 창밖의 풍경을 바라보면서 이야기하는 데 바빴다.

그런 그녀에게 대정회 무인들은 먼저 말을 붙이거나 하지 않았다.

어차피 무한에 도착하면 서로 헤어질 사이였고, 새삼 그들이 이신 일행과 친분을 맺거나 다져야 할 이유를 전혀 못 느꼈기 때문이다.

유일하게 운검만이 이신 일행과 거리낌 없이 소통할 뿐이었다.

그리고 나흘 뒤, 그들의 생각을 완전히 뒤바꾸는 사건이 일어났다.

                    *   *   *

"핫!"

관도 옆 공터.

사두마차를 정차한 가운데, 그 근처에서 유세화는 한참 장검을 휘두르길 반복했다.

매일 저녁 식사 전마다 행해지는 만형검로 수련이었다.

운검은 새삼스럽다는 시선으로 그녀의 검무를 지켜봤다.

'단 하루도 빼먹지 않고 매일 꾸준히 수련하다니. 정말 놀랍구나.'

수련 그 자체는 별로 놀라울 것 없었다.

이 중에서 무공을 익히지 않은 사람은 단 한 명도 없었으니까.

그러나 똑같은 수련을 하루도 아니고 매일같이 반복한다는 것은 별개의 이야기였다.

특히 유세화가 펼치는 검초가 뭔가 대단한 검법도 아니고 그저 평범한 기초검공들의 초식들이 총망라된 수련검식, 그 이상도 이하도 아니었다.

그런 지루한 검법을 매일같이 두 시진 이상 계속해서 펼치는 것은 결코 쉬운 일이 아니었다.

그런 유세화의 성실함은 확실히 남다른 구석이 있다고 볼 수 있었다.

덕분에 대정회 무인들도 적잖이 자극을 받았는지 누가 시키지 않았음에도 지금도 남들이 안 보이는 장소에서 저마다의 수련을 하고 있었다.

운검 역시도 막 개인 수련을 끝마치고 나서 쉬고 있던 참이었다.

그렇게 유세화의 수련을 쭉 지켜보던 그는 돌연 안타깝다는 표정을 감추지 못했다.

'저런 기본적인 초식만 주구장창 연습해 봐야 실전에선 아무런 도움도 안 될 텐데……'

흔히 기초가 중요하다고 말한다.

맞는 말이다. 하지만 실전과 이론이 엄연히 다른 것처럼 그 말이 꼭 다 들어맞는 것은 아니었다.

당장 실전에서 써먹을 수 없는 기초 검식만으로는 적과의 싸움에서 살아남을 수 없다.

막말로 명문대파의 제자도 곧이곧대로 자파의 검법을 펼치다가 이름 모를 무인의 검에 당해서 목숨을 잃은 사례도 적잖은 게 현실이었다.

그렇기에 운검은 내심 의아한 눈초리로 바로 앞에서 팔짱을 낀 채로 서 있는 이신의 등을 바라봤다.

'이유가 뭘까?'

자신조차 아는 사실을 무려 이신 정도의 고수가 못 알아챌 리 없었다.

한데도 그녀에게 미련하게 기초적인 검식만 줄곧 반복하게 하는 진짜 의도가 무엇인지 좀체 짐작조차 할 수 없었다.

'뭔가 생각이 있으신 거겠지.'

자신보다 훨씬 더 윗길에 있는 이신이었다.

틀림없이 나름의 이유가 있기에 저러는 것이리라. 그리고 그런 그의 생각은 틀리지 않았다.

'이제 제법 볼만해졌군.'

이신은 유세화의 검무를 보면서 남몰래 흐뭇한 미소를 머금었다.

그녀의 만형검로는 어느덧 입문의 경지는 확실히 벗어난 상태였다.

초식을 펼치는 유세화의 자세가 딱 봐도 안정적이고, 호흡도 별반 흐트러지지 않은 채 규칙적으로 가슴팍이 오르락내리락하는 게 그 증거였다.

거기다 유세화가 만형검로를 수련한 지 기껏 한 달 남짓밖에 안 됐다는 걸 감안하면, 실로 경이로운 성장 속도가 아닐 수 없었다.

'이대로 쭉 계속되면 좋을 테지만.'

그러나 이신은 알고 있었다. 현실적으로 그러기는 매우 어렵다는 것을.

언제까지고 계속될 것 같은 유세화의 성장은 이제 곧 정체기에 들어설 것이다. 급격하게 늘어난 실력에 맞춰서 그녀의 몸이 적응하는 시간이 꼭 필요하기 때문이다.

이는 너무나 당연한 수순이었다.

하나 당연하다고 해서 무작정 그 귀한 시간을 낭비하도록 내버려 둘 수는 없는 일.

또한 그럴 수밖에 없는 이유도 있었다.

이신은 어젯밤 단무린과 나누었던 대화를 상기했다.

'설마 성화로 그런 일이 가능할 줄은 미처 몰랐군.'

예지.

놀랍게도 흑월 내에는 성화를 모시는 성녀가 따로 있는데, 심지어 그녀는 성화의 계시라는 형식으로 예지를 한다고 했다.

지금껏 흑월이 들키지 않고 암중세력으로서 힘을 키울 수 있었던 것도 그 예언의 힘이 컸다.

한 가지 의외인 것은 그 예지가 이번 환혼시마의 강호행 전에도 한 번 내려왔는데, 정작 그중 이신과 마주할 거란 소리는 한마디도 없었다는 것이다.

실로 이상한 일.

그만큼 대단한 예지라면, 자신들의 행보에 걸림돌이 되는 이신에 관해서도 언급했어야 마땅하지 않은가?

'제아무리 예지라고 한들, 완벽하지 않다는 건가?'

어쩌면 그 완벽하지 않은 예지를 보다 완벽하게 만들기 위해서 새로운 성녀인 유세화를 필요로 하는 걸지도 몰랐다.

물론 이 모든 것은 어디까지나 이신 혼자만의 추측에 불과했다.

철저한 점조직 형태인 흑월의 특성상, 구양명이 알고 있는 정보들도 생각 이상으로 단편적이었기 때문이다.

그나마도 그가 우호법이기에 그만큼 알고 있는 것이었다.

원래 흑월 내부에서도 성녀의 예지는 극비 중의 극비라고 하니까.

아무튼 앞으로 흑월과의 싸움에서는 그 부분도 염두에 두지 않으면 안 되었다.

'그러려면 화매의 실력이 하루라도 빨리 일정 수준까지 도달해야 해.'

따라서 정체기에 들기 직전인 유세화의 수련 방식에 슬슬 변화가 필요했다. 기존과는 전혀 다른 방식의, 새로운 자극을 주는 변화 말이다.

그리고 그런 이신의 의도를 알아차리기라도 한 듯 때마침 잠깐 쉬고 있는 유세화에게 누군가가 불쑥 다가왔다.

"그래서는 고수가 될 수 없소."

대뜸 듣는 이로 하여금 기분을 팍 상하게 하는 말과 함께 말이다.

"그게 무슨 말씀이시죠?"

유세화는 살짝 기분 나쁘다는 표정으로 말을 건넨 청색무복의 청년, 점창파의 젊은 무인 진호광을 바라봤다.

이에 그는 유세화의 시선을 똑바로 마주하면서 말했다.

"지금 유 소저가 수련하는 방식으로는 절대 고수가 될 수 없다는 것이오."

실로 직설적인 언사가 아닐 수 없었다.

아무리 만형검로가 기초검공의 초식들로만 이뤄져 있다지만, 그걸 익히고 있는 본인 앞에서 할 소리는 결코 아니었다.

진호광의 말은 거기서 끝나지 않았다.

"내 장담하겠소. 그런 걸 익힐 바에야 차라리 나에게 배우는 게 더 나을 것이오."

"네? 진 공자님한테요?"

유세화는 순간 자신의 귀를 의심했다.

자신에게 배우라는 진호광의 말은 해석하기에 따라서는 점창파의 검법을 일부나마 그녀에게 전수해 주겠다는 걸로 볼 수 있었다.

자파의 사람이 아닌 외부인에게 검법을 가르쳐 주겠다니.

기존의 폐쇄적인 구대문파의 풍조를 생각하면 실로 파격적인 제안이 아닐 수 없었지만 마냥 호의로 느껴지지는 않았다.

달리 말하자면 그녀의 수련법, 즉 이신의 가르침이 틀렸다고 돌려서 지적하는 꼴이었으니까.

그 사실을 깨달은 운검이 얼른 그를 나무랬다.

"진 공자, 그게 무슨 무례한 행동이요! 어서 빨리 사과하시오."

"무례라뇨? 제가 어디 틀린 말이라도 했습니까?"

"그건……."

진호과의 당당한 반문에 운검은 살짝 말문이 막혔다.

지금의 수련법으로는 고수가 될 수 없다. 거기에 대해서는 운검도 내심 동의하는 바였다.

그 또한 앞서 유세화의 수련법을 보고는 의아함을 표하지 않았던가. 하지만 그것과 진호광의 무례는 엄연히 별계였다.

'그 정도의 분별력이 없는 자가 아닌데…….'

뭔가 이상했다.

진호광이 아무런 연유도 없이 이럴 자가 아니라는 걸 잘 알기에 더욱 의아함을 금할 수 없었다.

그때, 뭔가가 섬전처럼 운검의 뇌리를 스치고 지나갔다.

'아, 그러고 보니…….'

나흘 전, 이신이 자신들의 은인이라고 말했을 때 진호광을 비롯한 몇몇이 유독 그 사실을 고깝게 여겼다.

이유는 간단했다.

자신들조차 상대하기 어려웠던 구양명과 육검선자를 이름난 고수도 아닌 한낱 중소문파의 무인인 이신이 격파했다는 사실을 차마 인정할 수 없었기 때문이다.

때문에 운검은 그가 무슨 목적으로 저러는 것인지 대충 알 것도 같았다.

필시 이신의 제자이기도 한 유세화의 검법을 정면으로 부정함으로써 자신의 사문인 점창파가 결코 호락호락하지 않음을 증명하려는 것이다. 일종의 정신승리였다.

실로 어처구니없는 일이 아닐 수 없지만, 그렇다고 해서 아예 그의 행동이 이해가 안 가는 것도 아니었다.

그만큼 자파에 대한 그의 자긍심이 높다는 반증이었으니까. 하지만 설령 그렇다고 해서 진호광의 무례가 정당화될 수는 없는 노릇이었다.

이에 운검이 막 뭐라고 한 소리 하려는 찰나, 가만히 두 사람의 대화를 듣고 있던 유세화가 입을 열었다.

"진 공자의 말씀은 참으로 고맙지만, 그냥 마음만 받도록 하겠습니다."

"뭣?"

유세화의 대답에 진호광은 순간 눈을 휘둥그레 뜨면서 저도 모르게 반문했다. 눈을 휘둥그레 뜨기는 운검도 매한가지였다.

일부이긴 하지만, 그래도 점청파의 검법을 가르쳐 주겠다는 진호광의 파격적인 제안을 저리도 정중하면서도 단호하게 거절하다니.

그만큼 유세화의 대답은 일반적인 상식으로는 도저히 이해할 수 없는 말이었다. 하지만 그녀의 입장에선 너무나 당연한 대답이기도 했다.

그도 그럴 게, 그녀 스스로 이신을 중원 제일의 스승이라고 단언하는 마당이었다.

더욱이 만형검로를 수련하면서 그로 인한 성장을 몸소 체감하고 있는 와중이었으니 제아무리 점창파의 검법이 대단하다고 한들 거기에 마음이 흔들릴 턱이 없었다.

물론 그 사실을 알 턱이 없는 진호광의 표정은 어느새 싸늘하게 굳어졌다.

"지금 소저께서는 본파의 검법을 무시하는 것이오?"

"그런 게 아니라……."

"그게 아니라면 어째서 내 호의를 거절하는 것이오? 설마 그따위 기본 검공 따위가 본파의 검법보다 낫다고 보는 것도 아닐 테고. 만약 정말로 그리 여긴다면……."

"……?"

"이는 본파에 대한 모욕이오."

"그런……!"

누가 봐도 진호광의 말은 순 억지였다.

기껏해야 검법을 배우지 않겠다는 것뿐인데 그것만으로 점창파를 모욕하는 것이라고 몰아가다니. 유세화의 입장에선 실로 불합리하고 날벼락 같은 일이 아닐 수 없었다.

이에 유세화는 난감한 기색을 감추지 못했고, 운검도 섣불리 입을 열지 못했다.

유세화는 그의 은인인 이신과 깊게 관련되어 있었고, 진호광은 같은 구대문파의 제자이자 함께 대정회에 몸담고 있는 동료였다.

때문에 그의 입장에선 무작정 어느 한쪽의 편만 들어줄 수는 없는 노릇이었다.

실로 난감하기 이를 데 없는 상황.

그때였다.

내내 아무 말도 없던 이신이 불쑥 입을 연 것은.

"나쁘지 않은 생각이군."

"……!"

"……!"

유세화와 운검의 고개가 거의 동시에 이신 쪽으로 돌아갔다.

진호광의 목적은 어디까지나 이신의 실력을 부정하는 것. 결코 순수한 마음으로 유세화에게 호의를 베풀려는 게 아니었다.

그 사실을 당사자인 이신이 모를 턱이 없을 터.

당연히 거절해도 시원찮을 판국에 저리도 선뜻 진호광의

제안에 수락하는 듯한 모습을 보이다니.

하나 곧 이어지는 이신의 말에 비하면 그건 놀랄 만한 것도 아니었다.

"좋아. 기왕 가르침을 내릴 거, 이참에 화매와 비무라도 하는 게 어떤가? 물론 내력을 배제한 초식만 사용해서 말이지."

"……!"

"이, 이 대협, 진심이십니까?"

유세화는 차마 아무 말도 못하고 눈만 휘둥그레 떴고, 운검은 놀란 얼굴로 되물었다.

오죽하면 한껏 진상을 부리던 진호광마저 한순간 저도 모르게 멍한 얼굴로 이신을 바라볼 정도였다.

'저놈, 도대체 무슨 생각이지?'

겨우 기초 검공이나 수련하고 있는 유세화와 자신이 비무를 벌이다니.

제아무리 내력을 제한한 초식만으로 행하는 비무라고 한들, 기본적인 실력 차는 어찌할 수 없는 법이었다.

당연히 그 결과가 뻔히 다 보이는 터라 잘됐다는 생각보다는 오히려 이신에게 뭔가 남모를 꿍꿍이가 있는 게 아닌가 하는 의심부터 들 지경이었다.

하나 곧 진호광은 다시 본래의 신색을 회복했다.

'흥! 주제도 모르는 자가 배짱 하나만큼은 두둑하구나.'

자신의 도발을 피하기는커녕 되레 역으로 비무까지 제안하다니.

그 기개만큼은 확실히 인정할 만했다. 하지만 단지 그뿐이었다.

'필시 저자가 허세를 부리고 있는 게다.'

실력에 자신이 있었다면 유세화를 내세우는 게 아니라 자신이 직접 나섰어야 옳았다.

애당초 앞서 진호광이 유세화를 상대로 무리한 억지를 부렸던 것도 그녀의 뒤에 있는 스승, 이신의 자존심을 건드려서 직접 나서도록 만들려던 일종의 기만책이 아니던가.

한데 이리도 자신의 도발을 교묘하게 피해가는 것도 모자라서 심지어 자기보다 약한 아녀자를 앞세우다니.

진호광은 살짝 경멸 어린 눈초리로 이신을 노려봤다.

'뻔뻔한지고!'

고작 중소방파의 무인 주제에 자신들도 감당할 수 없었던 육검선자나 구양명 등을 무찔렀다?

상식적으로 그건 있을 수 없는 일이었다.

필시 순진한 운검을 속여서 자신들에게 구명지은(救命之恩)이라는 이름의 짐을 억지로 씌운 뒤, 차후 구대문파의 위세를 빌려서 유가장의 명성 등을 높이려는 같잖은 수작이리라.

물론 곰곰이 잘 생각해 보면 말도 안 되는 착각과 오해였지만, 자기모순에 푹 빠져 버린 진호광이 그 사실을 알 턱이 없었다.

'절대로 그대의 생각대로는 안 될 것이다. 더욱이……'

이참에 확실히 보여주리라.

점창의 검은 한낱 중소방파 따위가 넘볼 수 있는 게 아니라는 것을!

그리고 그를 위한 첫 번째 희생양으로 선택된 것이 눈앞의 유세화였다.

'부디 원망하려고 하거든 내가 아니라 그대의 사부에게 하시구려. 소저.'

계기야 어쨌든 간에 결과적으로 유세화를 지금처럼 벼랑 끝으로 내몬 장본인이 이신이라는 건 변하지 않는 사실이었으니까.

믿는 도끼에 발등을 찍힌다는 게 이런 경우일까?

내심 그녀의 처지가 가여워서 살짝 동정심마저 들 정도였다.

그러나 그런 그의 생각과 달리 유세화의 눈빛은 예상외로 침착했다.

'분명 이유가 있을 거야.'

이신은 지금껏 아무런 이유나 명분 없이 일을 진행시킨 적이 없었다. 그건 줄곧 곁에서 그를 지켜봐 온 유세화 본인이 가장 잘 아는 사실이었다.

그리고 그런 그녀의 기대를 저버리지 않듯 때마침 이신의 전음이 들려왔다.

[나를 믿어.]

투박하고 짧은 한마디. 하지만 그 한마디를 듣자마자 유세화의 입가에 저도 모르게 미소가 지어졌다.

자신을 믿으라는 이신의 말.

유세화에게 만형검로를 가르친 사람은 다름 아닌 이신 자신이었다. 즉 이신을 믿으라는 건 만형검로를 믿으라는 소리나 마찬가지.

또한 그것은 만형검로가 결코 점창파의 검법에 뒤지지 않는 절학이요, 그것을 꾸준히 수련해 온 유세화의 노력 역시 결코 헛된 게 아니라는 의미이기도 했다.

그리고 이신의 전음은 거기서 끝나지 않았다.

[그리고 유하검법을 믿어.]

'유하검법……'

한때 그녀의 집안인 유가장을 무한을 넘어서 호북제일장이라고 불리게 했던 절학.

그러나 상승의 경지로 나아가는 요체를 소실하면서 유명무실해진 그 검법.

만형검로를 수련하면서 유하검법은 다시 등한시했었다.

이젠 초식을 어떻게 펼쳐야 하는 지도 가물가물할 지경이었다.

해서 얼마 전에 그러한 고민을 이신에게 솔직히 밝혔더니 그는 이렇게 답했다.

"걱정하지 마. 화매의 유하검법과 만형검로는 이제 하나니까."

유하검법과 만형검로는 서로 동떨어진 게 아니다.

그런 이신의 말을 그녀는 철석같이 믿었고, 지금껏 만형검로의 수련에 박차를 가해왔다.

'그래, 가가를 믿는 거야.'

지금까지 그래왔고, 앞으로도 그럴 것이다.

그러므로 이제부터 그녀가 해야 할 일은 이미 정해져 있는 거나 마찬가지였다.

스르릉—!

맑은 쇳소리와 함께 유세화의 검이 새하얀 나신을 드러냈다.

순간 운검과 진호광의 눈에 이채가 떠올랐다.

'허, 기초가 탄탄하다는 것은 알고 있었지만……'

'이건 예상 이상이로군.'

그들 정도의 수준이라면 최초의 발검 음만 들어봐도 얼추 상대의 실력을 유추할 수 있다. 하물며 그들보다 하수인 유세화의 실력쯤이야.

한데 예상보다 유세화의 발검은 그들조차 놀랄 만큼 깔끔했다.

나흘간 기초 검공만 죽어라 수련하던 모습을 볼 때와는 또 다른 인상.

하나 진호광은 이내 별거 아니라고 생각하고 넘어갔다.

생각해 보면 고작 발검 음 정도만 가지고 수선 떠는 것도 웃긴 노릇이었으니까.

그 역시 허리춤의 검을 뽑으면서 말했다.

"부디 조심하시구려, 소저. 검에는 눈이 없으니까."

"……"

위에서 아래를 내려다보는 듯한 진호광의 충고에도 유세화는 그저 묵묵히 검을 고쳐 잡을 따름이었다.

그때, 막 개인 수련을 마친 대정회 무인들이 하나둘씩 돌아오기 시작했다.

그들은 공터 한가운데서 대치하고 선 유세화와 진호광의 모습을 보고 의아함을 감추지 않았다.

"뭐지?"

"진 소협과 유 소저가 왜?"

그들은 서둘러 운검에게 저간의 사정을 물어봤고, 이윽고 하나같이 똑같은 표정을 지었다.

　'어리석기는.'

　'뻔하구만.'

　그들은 모두 유세화의 패배를 확신했다.

　이유는 간단했다.

　제아무리 내공 없이 초식만으로 겨루는 거라고 하지만, 진호광이 익힌 검법은 하나같이 점창파가 오랜 세월을 통해서 완성시킨 절학들이었다.

　초식으로만 승부하면 오히려 유세화에게 불리할 수밖에 없을 터.

　이윽고 그들은 하나같이 안됐다는 표정으로 유세화를 바라봤다.

　한없이 불리한 상황 속에서 자신보다 강한 상대와 싸워야 하는 그녀의 처지 때문이었다.

　한편으로는 이런 상황을 만든 장본인, 이신을 향해서 불편한 시선을 던지는 이들도 있었다.

　아미파의 금정도 그중 한 명이었다.

　'도대체 이 시주는 무슨 생각으로 이런 짓을 벌인 걸까?'

　듣자하니 두 사람은 매우 각별한 사이였다.

　한데도 그런 자신의 연인을 아무런 망설임 없이 위기에 빠트리다니.

제아무리 그녀가 속세와 동떨어진 불가의 제자라고 한들, 그것이 일반적인 상식에서 동떨어졌다는 것쯤은 쉬이 알 수 있었다.

새삼 유세화의 처지가 안됐다 싶었다.

하필 마음을 준 하나뿐인 정인이 저리도 무정하고 생각도 없다니.

하지만 소리 없이 유세화가 움직여서 검을 휘두르는 순간, 그녀를 비롯한 중인들의 표정은 점차 경악으로 물들기 시작했다.

챙챙챙─!

거친 쇳소리 속에서 서로 부딪쳤다 떨어지길 반복하는 두 개의 검.

그중 하나의 주인인 진호광은 내심 어처구니가 없었다.

'이게 뭐지?'

그와 유세화가 검을 마주한 지 어언 이십여 합.

불과 몇 합 만에 끝날 줄 알았던 비무가 처음 생각과 달리 길게 이어지고 있었다.

분명 처음만 하더라도 누구나 다 아는 기초적인 초식만 펼친 유세화였다.

한데 시간이 지나면 지날수록 유세화의 검은 점점 실로 강물과도 같은 변화를 보이기 시작했다.

어쩔 때는 도도하게 흐르다가도 급류를 만난 듯 세차게 흘렀고, 그러다가 또 언제 그랬냐는 듯 잔잔하게 흘렀다.

그만큼 변화무쌍하면서도 각 초식 간의 연계는 부드럽게 이어졌다.

더욱이 그녀의 검은 진호광이 펼치는 초식에 맞춰서 유기적으로 변화하는 위용까지 보였다.

그러다 보니 어느덧 진호광은 자신이 흐름을 만드는 게 아니라 오히려 유세화가 만드는 흐름에 강제로 끌려다닌다는 것을 깨달았다.

그가 어처구니없다고 여기는 것도 그 때문이었다.

물론 그녀가 만형검로 말고도 가문의 검법, 유하검법을 익혔다는 건 알고 있었다. 한데 그것만으로는 지금의 상황을 명확하게 설명하기 어려웠다.

아무리 내력 없이 초식만으로 싸우는 것이라고 하지만, 점창파의 제자인 그가 고작 중소방파 출신의 여인을 상대로 이리 휘둘리다니.

있을 수 없는 일, 아니 결코 있어서는 안 되는 일이었다!

"이익!"

진호광은 이를 악물고 힘으로 유세화를 밀쳐 냈다.

그러나 맥없이 튕겨나갈 줄로만 알았던 그녀는 오히려 진호광의 힘을 역이용해서 부드럽게 뒤로 물러났다.

진호광의 눈이 일순 부릅떠졌다.

지금 유세화가 보인 한 수가 소위 부드러움으로 강함을 제압한다는 유능제강(柔能制剛)의 묘리를 담고 있다는 것을 한눈에 알아봤기 때문이다.

물론 기초 검공만으로는 죽었다 깨어나도 흉내 낼 수 없는 상승의 경지였다.

'역시 안 되겠어.'

지금까지의 공격으로는 유세화를 어찌할 수 없었다.

그렇다면 공격하는 방법을 바꾸면 될 터.

진호광의 눈빛이 얼음장처럼 스산해지더니 곧 그의 검이 다시 검집으로 들어갔다.

"……?"

싸우다 말고 납검하다니.

갑작스러운 그의 행동에 유세화는 순간 의아한 표정을 감추지 못했다.

하나 두 사람의 접전을 쭉 지켜보던 중인들의 반응은 달랐다.

"저, 저건……!"

"설마 그 검법을……!"

모두가 놀람을 감추지 못했다.

곧 진호광이 펼치려는 검법의 정체를 알아본 것도 있지만, 그보다도 진호광으로 하여금 그 검법을 펼칠 수밖에 없는 작금의 상황이 더욱 놀라웠다.

그만큼 유세화가 난적이라는 소리였으니까.

그런 모두의 놀라움 속에서 진호광은 나지막하게 뇌까렸다.

"일단 소저에게 사과부터 하겠소."

"사과요?"

난데없이 사과라니.

의아함 속에서 진호광의 말이 계속되었다.

"내 솔직히 처음에는 소저를 얕봤소. 한데 이리도 강할 줄이야. 진심으로 사과하오. 내 무례를 용서하시오."

진호광의 말은 단순한 빈말이 아니었다.

곧 정중하게 아래로 내려가는 그의 고개가 그 사실을 증명했다.

유세화는 일순 멍한 표정을 지었다.

천하의 구대문파의 제자가 자신에게 고개를 숙이다니.

설마 이런 경험을 하게 될 날이 올 줄이야.

감동도 잠시, 고개를 들면서 진호광이 마저 덧붙이듯 말했다.

"그러니 마지막으로 충고하겠소. 부디……."

진호광은 잠시 뜸을 들인 뒤, 의미심장한 표정으로 말했다.

"맞서기보단 피하는 게 좋을 것이오."

"……?"

도대체 무슨 검법을 펼치려는 것이기에 이리 시작부터 겁을 주는 걸까?

그리 생각하는 순간, 유세화는 보았다.

진호광이 빠르게 발검하는 것과 동시에 한 줄기의 빛살이 무서운 속도로 그녀의 면전으로 날아오는 것을. 마치 그 옛날 고대 신화 속에서 아홉 개의 태양을 쏘아 맞춘 영웅의 화살 처럼 빠르게 날아오는 장검을 말이다.

그것을 보는 순간, 유세화는 거의 본능적으로 옆으로 구르 듯이 몸을 날렸다.

콰과광—!

그러자 실로 간발의 차로 비껴 지나가는 진호광의 검은 한 차례 굉음과 함께 주인의 손으로 되돌아갔다.

후두둑—

뒤에서 들려오는 소음에 무심코 등 뒤를 돌아본 유세화의 표정이 일순 굳어졌다.

공터 한쪽에 서 있던 바위.

그 위를 가로지르는 한 줄기의 검흔!

내공이 실리지 않은 초식만으로 바위 위에다 저토록 선명한 검흔을 남기다니.

더불어 앞서 소음이 검흔 자국이 남겨지는 와중에 떨어진 바위의 파편 조각에서 비롯된 것임은 굳이 말하지 않아도 알 수 있었다.

'만약……'

자신이 진호광의 경고를 무시하고 그의 검을 막았다면?

필시 검흔이 남겨진 것은 바위가 아닌 그녀의 몸 위였을 것이다.

그만큼 방금 전 진호광이 펼친 초식은 실로 무시무시했다.

그런 공격을 정면에서 받아 넘긴다는 건 실로 어리석은 행동.

이에 뒤늦게 이해할 수 있었다.

앞서 진호광이 그녀에게 한 경고가 단순한 허세 따위가 아니었다는 것을.

지켜보던 이신이 속삭였다.

"이것이 점창파가 자랑하는 사일검법인가."

정마대전 당시 여럿 정파의 고수들과 접전을 치렀던 이신이지만, 공교롭게도 정작 점창파의 고수와 엮인 적은 별로 없었다.

때문에 그 역시 직접 사일검법을 보는 것은 이번이 처음이었는데, 보면서 절로 고개가 끄덕여졌다.

'과연 대단하군. 화매가 애 좀 먹겠어.'

사일검법은 일초 일초가 화살처럼 매섭고 빨랐다.

더욱이 타인과, 그것도 진호광 정도의 고수와 비무한 경험 자체가 드문 유세화였다.

그래서일까. 본인의 의도와는 상관없이 진호광의 거센 공격이 이어질수록 그녀의 손발이 눈에 띄게 어지러워지기 시작했다.

위태위태한 그 모습에 중인들은 유세화의 패배를 직감했다.

"사부님, 어떻게 해요! 이러다가 언니가……!"

아무것도 모르는 구양소소조차 유세화의 위기를 알아보고 발을 동동 굴렀다.

정상적인 사람이라면 이쯤에서 비무를 중지시키는 게 옳을 터. 하지만…….

'그래도 이 정도는 되어야 비무할 맛이 나지.'

어차피 상대인 진호광 자체가 유세화보다 몇 수는 더 윗길에 있는 고수가 아니던가?

애당초 이 정도의 위기나 어려움은 어느 정도 예상한 바였다.

오히려 이신은 작금의 상황이 기꺼울 따름이었다.

본디 인간이란 감당하기 어려운 역경을 극복하는 과정에서 크게 성장하게 마련!

이번 기회를 통해서 유세화는 이전보다 한층 더 성장할 것이다.

그건 이신이 지난날의 경험을 통해서 충분히 확신하는 바였다. 그리고 유세화의 성장은 단순히 그녀의 실력이 늘어나고 말고 하는 선에서 그치지 않을 것이다.

'슬슬 때가 되었는데…….'

분명 조짐은 보였다.

그녀의 몸 안에 뿌리내린 조그마한 씨앗이 실전이라는 자양분을 통해서 어느덧 어엿한 거목으로 성장하려는 조짐이 말이다.

그리고 그 순간은 이신이 생각하는 것보다 빠르게 찾아왔다.

'느려… 졌다?'

분명 처음에만 하더라도 위력적이고 매우 빠르다고 여긴 진호광의 검이었다. 하지만 그것도 한두 번일 뿐, 유세화는 어쩐지 그것이 점차 느리게 느껴졌다.

마치 진호광이 비무 중에 일부러 친절하게 검술 시연이라도 하는 게 아닌가 싶을 정도였다.

상식적으로 너무 말도 안 되는 일인지라 처음에는 단순한 착각인가 싶었다.

그러나 진호광의 검을 피하는 게 그다지 어렵지 않게 느껴지고, 심지어 그가 출수하기도 전에 먼저 자신의 몸이 움직여서 피한다는 것을 자각하고 나서야 비로소 깨닫게 되었다.

진호광의 검이 느려진 게 아니라 사실은 자신의 움직임이나 동체시력 등이 처음 비무를 시작할 때보다 현저하게 발전했다는 것을.

그 증거로 지금 진호광이 펼치는 준비 동작만 보고 그가 막 사일검법의 초식, 그것도 맨 처음에 펼쳤던 초식을 펼치려고 한다는 걸 대번에 알아봤다.

쉐에에에에엑—!

그리고 그런 그녀의 생각이 맞았다는 걸 보여주듯, 진호광의 검이 금세 한 줄기 섬광으로 화해서 날아왔다.

유세화의 시야를 가득 채우는 섬광!

처음의 그녀였다면 허겁지겁 섬광을 피하기에 급급했을 것이다.

그러나,

스윽—!

유세화는 날아오는 섬광을 피하지 않고, 오히려 앞으로 성큼 발을 내딛었다.

그러면서 고개만 옆으로 살짝 젖혔을 뿐인데, 고작 그 정도의 동작만으로 섬광은 실로 아슬아슬하게 그녀를 비껴 지나갔다.

그야말로 종이 한 장 차이!

그와 동시에 유세화의 검이 살아 있는 뱀처럼 움직이더니 이내 진호광의 검에 척 달라붙었다.

그것도 모자라서 유세화는 그 상태 그대로 제자리서 한 바퀴 빙 돌았다.

그러자,

카캉!

한차례 쇳소리가 울리더니 장검은 고스란히 진호광에게로 돌아갔다.

"헉!"

예상 밖의 상황에 저도 모르게 숨을 들이마시는 것도 잠시, 진호광은 용케 날아오는 장검의 손잡이를 붙잡으면서 몇 바퀴 제자리서 팽이처럼 회전하였다.

그러면서 가까스로 멈추는 그를 보면서 중인들이 저도 모르게 탄성을 내질렀다.

저리 빨리 날아오는 장검을 붙잡다니. 그것만 봐도 그의 비검술의 경지가 결코 얕지 않음을 짐작할 수 있었다.

거기다 제자리서 회전하는 것으로 검에 남아 있는 여력까지 해소하는 임기응변마저 선보이다니.

하나 그럼에도 불구하고 진호광의 굳은 얼굴은 좀체 펴질 줄 몰랐다.

'어떻게, 어떻게 이런 일이 있을 수 있는 거지!'

일수초현은 쾌검식에서 최고로 손꼽는 발검술과 비검술의 묘리를 한데 모은 절초였다.

한데 그것을 저리 피하는 것도 모자라서 도로 쳐내기까지 한다?

심지어 그냥 쳐낸 게 아니라 원심력을 더해서 원래보다 더 빠른 속도와 힘으로 날아오게 만들기까지 하다니.

아무리 내력이 실리지 않았다지만, 어떻게 그런 일이 가능할 수 있단 말인가?

'마치 무당파의 검법 같은… 아니, 그럴 리가! 그럴 리가 없어……!'

애써 눈앞의 현실을 부정하려는 듯 좌우로 쉴 새 없이 흔들리는 진호광의 동공을 보면서 이신은 나지막하게 뇌까렸다.

"놀라기엔 아직 이를 텐데."

물론 당장 그녀가 선보인 신위가 놀랍긴 했지만, 그게 다가 아니었다.

만형검로는 역대 검각의 모든 지식과 정수가 고스란히 녹아들어 있는 절학 중의 절학.

당연히 좀 전의 신위는 말하자면 빙산의 일각에 불과할 뿐이었다.

오히려 진짜는 지금부터라고 봐야 했다.

그 사실을 증명하듯 유세화는 이제까지와는 비교할 수 없을 만큼 빠른 속도로 눈 깜짝할 새에 진호광의 전면까지 짓쳐들어갔다.

놀란 표정을 짓는 것도 잠시, 진호광은 곧장 검을 수직으로 내리그었다.

당장이라도 유세화의 머리를 쪼개 버릴 듯한 번개처럼 쾌속한 공격!

"어엇!"

"저, 저!"

순간 중인들이 의아함과 당황스러움을 동시에 표했다.

진호광의 공격은 누가 봐도 살초였다.

생사결이라면 모를까, 단순히 실력을 겨루는 데에서 그치는 비무에서 사용하기엔 부적합했다. 하지만 곧 중인들의 표정은 뜻 모를 외마디의 탄성과 함께 경악으로 물들었다.

사삭—!

놀랍게도 유세화는 딱 한 번 옆으로 발을 내딛는 것만으로 진호광의 살기 어린 공격을 피해 버렸다.

방금 전 일수초현의 초식을 파훼할 때와 똑같았다.

그걸 보자마자 진호광의 눈이 일순 부릅떠졌다.

어쩌다 한 번은 우연일 수 있다.

하지만 똑같은 일이 두 번이나 연달아 반복되면 그건 엄연한 실력이요, 현실이었다.

그리고 이어서 유세화가 취하는 동작을 보는 순간, 진호광은 이전과는 비교할 수 없을 만큼의 충격에 빠졌다.

'저, 저건……!'

유세화의 검은 도로 검집 안에 들어갔다.

싸움을 포기하지 않은 이상, 그것이 발검술을 펼치기 직전의 준비 자세라는 것은 누구나 알 수 있는 사실이었다.

딱히 특별한 건 없었기에 중인들은 내심 진호광이 뭐 때문에 저리도 놀란 건지 쉬이 이해할 수 없었다.

이어서 검파를 쥐고 있던 유세화의 손이 빠르게 움직였다.

촤아아아아아아악―!

세찬 파공성과 함께 진호광을 덮치는 한줄기 일(一)자 섬광!

진호광은 거기에 대응하는 대신, 바보처럼 멍한 표정으로 나지막하게 뇌까렸다.

"일수… 초현!"

동시에 그는 깨달았다. 유세화, 그녀가 사일검법의 형을 일부나마 체득했다는 사실을.

그리고 그 사실에 너무나 큰 충격을 받은 나머지, 진호광은 날아오는 섬광에 미처 대응하지 못했다.

"진 공자!"

내내 비무를 지켜보던 운검이 경호성과 함께 장내에 뛰어들었다.

챙!

덕분에 진호광을 덮치던 섬광은 운검의 검에 의해서 중간에 가로막혔지만 실로 위험천만한 상황이 아닐 수 없었다.

"왜 그러는 것이오? 어찌 비무 중에 멍하니 서 있단 말이오? 하마터면 큰일 날 뻔하지 않았소?"

"그, 그것이……."

진호광은 운검의 노기 어린 물음에 뭐라고 섣불리 답하지 못했다.

유세화가 사일검법의 초식 중 하나를 형으로나마 훔쳐 배웠다?

그 사실을 인정하기엔 사일검법에 대한 진호광의 자부심이 너무나도 컸다.

그렇다고 해서 마냥 착각이라고 하기엔 좀 전에 유세화가

펼친 초식은 사일검법, 개중에서도 일수초현의 초식과 너무나
도 흡사했다.

한데 어찌 된 일인지 운검 등은 그 사실을 전혀 모르는 듯
한 눈치였다.

실제로 중인들의 눈에는 방금 전 유세화가 펼친 초식이 사
일검법은커녕 저잣거리의 낭인들이나 쓴다는 삼재검법의 초
식, 횡소천군(橫掃千軍)으로밖에 안 보였다.

그렇기에 하나같이 겨우 그따위 삼류초식에 얼어붙어 버린
진호광의 모습을 사뭇 이해할 수 없다는 눈치였다.

'뭐지? 도대체 뭐가 어찌 된 일이지? 설마 나 혼자만의 착각
인가?'

그러기엔 너무나도 유세화가 펼친 초식이 눈에 익었다.

일순 혼란에 빠져버린 그의 귓가로 때마침 이신의 음성이
들려왔다.

"참으로 고맙소이다, 진 공자. 확실히 대점창의 제자요. 일
부러 손속에 사정을 두다니. 덕분에 화매가 많이 배운 것 같
소. 아, 비무는 진 공자의 승리로 마무리 짓고 이쯤에서 자리
를 파하도록 합시다."

"예? 아, 예……."

이신의 청산유수와도 같은 말에 진호광은 엉겁결에 고개를
끄덕였다.

그렇게 비무는 어처구니없이 끝나 버렸고, 그 후로도 당사자인 진호광은 내내 어딘지 영 개운치 않은 듯한 표정을 감추지 못했다.

그런 그의 모습을 보면서 이신은 속으로 뇌까렸다.

'그게 바로 만형검로의 무서움이다.'

방금 전 유세화가 펼친 초식은 언뜻 보면 평범한 발검술처럼 보이지만, 이신은 이 자리서 유일하게 유하검법에 대해서 알고 있었다.

때문에 그것이 그냥 발검술이 아니라 유하검법의 기수식이자 제일초 유하파문의 변초임을 꿰뚫어봤다.

본래 기수식이란 것이 그러하듯 기존의 유하파문은 단순한 횡베기에 불과했다. 하나 지금 유세화가 펼치는 유하파문은 사뭇 달랐다.

어디까지나 횡 베기라는 기본적인 틀은 유지할 뿐, 초식의 형 자체가 기존의 것과는 완전히 달라졌다.

애당초 유하파문 자체가 발검술로 시작하는 초식도 아니지 않던가.

보아하니 유세화 스스로도 딱히 계산해서 펼쳤다기보다는 이런 식으로 유하파문을 변형해서 펼칠 수 있다는 사실에 새삼 놀라워하는 눈치였다. 그리고 이것이야말로 만형검로의 숨겨진 진짜 무서움이었다.

상승의 무학을 익히지 않으면 기초검공만으로는 고수가 될 수 없다?

그 말 자체는 옳았다.

그렇지만 그건 하나만 알고 둘은 모르는 말이기도 했다.

만형검로는 단순한 기초검공이 아니다.

이론상으로 이 세상의 모든 검법을 담아낼 수 있는 거대한 그릇이요, 검각의 오랜 역사가 한데 집대성된 어마어마한 공부였다.

하여 유세화가 진정으로 필요한 것은 만형검로 대신 상승의 검법을 익히는 게 아니라, 직접적으로 상승의 검법과 수없이 부딪치면서 그 묘리가 무엇인지 깨닫고 자신의 부족함을 하나씩 채워나가는 것이었다.

가장 좋은 방법은 자신보다 강한 고수와의 실전, 혹은 비무였다.

그렇기에 이신은 진호광의 때 아닌 시비가 오히려 기꺼울 따름이었다.

그리고 그는 이신의 기대에 걸맞게 유세화의 안에 자리하고 있던 만형검로라는 이름의 거목을 키워내는 자양분 역할을 톡톡히 해냈다.

물론 그 과정에서 유세화가 사일검법의 초식을 대놓고 흉내 냈으니 바보가 아닌 이상, 당연히 사태를 어렴풋이나마 눈치챌 수밖에 없었다.

하지만,

'이미 늦었어.'

이제 와서 그 사실을 알아봐야 무엇 하겠는가?

더욱이 진호광 외에는 어느 누구도 유세화가 사일검법의 초식을 흉내 냈다고 눈치챈 사람이 아무도 없다는 게 결정타였다.

뚜렷한 증거도 없이 남을 죄인으로 몰아갈 수는 없는 일 아니겠는가.

그만큼 유세화가 유하검법 안에 절묘하게 사일검법의 묘미를 담아냈다는 의미이기도 했다.

더불어 이건 진호광 스스로 자초한 결과이기도 했다.

만약 처음부터 그가 시비를 걸지만 않았다면, 비록 초식의 형일지언정 무려 점창파의 절학인 사일검법의 묘리를 이런 식으로 허무하게 빼앗기지 않았을 테니까.

'다 인과응보란 거지.'

그렇게 넋이 나가 있는 진호광을 뒤로 한 채 이신은 유세화와 구양소소를 데리고 유유히 사두마차로 향했다.

그리고 이번 비무를 계기로 유세화를 바라보는 대정회 무인들의 시선이 이전과 확 달라졌다.

신기함과 궁금함, 그리고 호승심으로 범벅이 된 그들의 시

선이 무엇을 의미하는 지는 다음 날 아침이 되자마자 명백히
밝혀졌다.

　말과 말이 아닌, 검과 검끼리 부딪침을 통해서 말이다.

第四章
운중신생(雲中新生)

이제 갓 여명이 드리우고, 아직 어둠이 채 가시지 않은 시각.

얼마 전까지만 해도 금와방의 소유였지만, 이제는 당당히 유가장의 현판을 내걸고 있는 커다란 장원의 연무장에서 한 인영이 연신 검을 휘둘러 대고 있었다.

아직 소년의 탈을 벗은 지 얼마 안 된 앳된 외견과 달리 청년의 검법은 실로 완숙한 경지에 이르렀다.

보법과 호흡이 안정된 것은 물론이거니와 펼치는 검초 하나하나의 연계가 실로 물 흐르듯 자연스러웠다.

거기다 단순히 부드럽기만 한 게 아니었다.

강물의 흐름이 그러하듯 어쩔 때는 조용하다가도 또 어쩔 때는 격렬했다.

그렇게 한참 무아지경으로 검초를 이어가던 청년, 유지광은 어느 순간 멈칫하더니 그 자리에서 거짓말처럼 멈춰 섰다.

그렇게 얼마나 흘렀을까?

문득 나지막한 한숨과 함께 하늘을 올려다보면서 혼잣말을 내뱉었다.

"후우, 슬슬 돌아올 때가 됐는데……."

그의 혼잣말에 반응하듯 귀신처럼 조용히 그의 등 뒤에서 나타난 매부리코의 노인이 코웃음을 쳤다.

"홍, 아침 수련이 끝날 때마다 네놈 입에서 그 말이 나온 게 벌써 열흘째다. 질리지도 않는 게냐? 누가 보면 하나뿐인 임이라도 기다리는 줄 알겠구나."

"하, 하하하. 어, 어르신. 어, 언제 나오셨습니까?"

유지광은 저도 모르게 어색한 미소를 지으면서 연신 식은땀을 흘려댔다.

그러자 매부리코 노인, 냉이상이 못마땅하다는 얼굴로 혀를 내찼다.

"쯔쯔쯔, 얼빠진 놈. 자고로 검사라면 언제나 주변의 기척을 예민하게 경계하라고 했거늘. 안 그럼 목이 달아나기 일쑤라고 노부가 몇 번을 말했더냐. 한데도 네놈은 노부가 말 걸기 전까지 전혀 눈치채지 못하다니."

"그게 저……"

"아하, 이제 보니까 평소 네놈이 노부가 하는 말은 죄다 귓등으로 듣고 넘겼구나. 그렇지 않고서야 어찌 이리도 엉망진창일 수 있으랴?"

"아, 아니 그, 그런 게 아니라……"

유지광은 속사포처럼 이어지는 냉이상의 지적에 연신 쩔쩔맸다.

그러면서 내심 그는 억울하기 그지없었다.

비록 지금은 임시로 유가장의 식객으로 지내고 있다고 하지만, 원래 냉이상은 무려 천사련의 장로였다.

거기다 지난 정마대전까지 치른 백전노장이기까지 한 그였으니 유지광과의 무공 차는 그야말로 하늘과 땅 차이나 마찬가지였다.

그런 냉이상이 작정하고 기척을 숨긴 채로 접근한다면 당연히 유지광의 실력으론 죽었다 깨어나도 눈치채지 못하는 게 정상이었다.

한데도 이리 말도 안 되는 억지를 부려대니 어찌 억울하지 않겠는가.

'하아, 형님은 어쩌자고 이런 괴팍한 분한테 나를 맡긴 걸까?'

새삼 이신에 대한 원망이 들었다.

기실 냉이상이 매일같이 찾아와서 자신을 갈구는 것도 대별산으로 떠나기 전, 이신이 따로 그를 찾아가서 부탁했기 때문이 아니던가.

도대체 무슨 생각으로 그리 한 건지 유지광은 아직까지도 잘 이해가 안 되었다.

그저 이신에게 뭔가 자신이 모르는 다른 큰 뜻이 있겠거니 하며 이 불합리한 상황을 감내할 따름이었다.

그런 유지광의 마음을 아는지 모르는지 냉이상은 자기 할 말만 계속했다.

"하여간에 이 검주는 어쩌자고 이런 둔재를 노부에게 맡겼단 말인가? 에잉, 귀찮게시리."

'그건 오히려 제가 해야 할 말 같습니다만?!'

하도 기가 막혀서 저도 모르게 목구멍 밖으로 튀어나올 빤한 말을 유지광은 억지로 다시 주워 담았다.

어차피 해봐야 자신만 손해임을 잘 알기 때문이었다.

'저 어르신은 어떤 식으로든 내 말의 꼬투리를 잡을 테니까.'

그리 되면 그의 의지와 상관없이 냉이상과 실전에 가까운 비무를 무려 반나절 동안이나 계속하게 되리라.

생각만 해도 끔찍했다.

때문에 유지광은 철저하게 자신의 속내를 숨기려고 애썼다.

이에 그를 바라보는 냉이상의 눈에 일순 이채가 떠올랐다가 사라졌다.

'허, 이놈 보게?'

기껏해야 한 달 전만 하더라도 자신의 감정이나 속내를 숨기는 게 영 어설프기 짝이 없던 유지광이었다.

한데 지금의 그는 어떠한가?

놀랍게도 아까 전만 하더라도 그를 격동시킬 목적으로 일부러 심기에 거슬리는 말로 연신 도발했음에도 어떻게든 꾹 참고 넘어갔다.

물론 심중의 속내를 완전히 다 감추지는 못했지만, 그래도 장족의 발전이 아닐 수 없었다.

이는 유지광이 무작정 본능적으로 행동하기보단 일단 한번쯤 냉정하게 이성적으로 상황을 판단하는 눈이 생겼다는 의미였으니까.

남들이 보기엔 사소하기 짝이 없는 변화지만, 의외로 강호 초출 중에선 이 이성적인 판단을 그르쳐서 위기에 처하는 경우가 허다했다.

특히 정파 출신의 신출내기 무인들이 유독 그러한 경우가 많았다.

어쭙잖게 사문의 가르침이나 협을 행한답시고 곧이곧대로

바른말만 입에 담고, 또한 눈치 없이 이곳저곳의 일에 끼어들기 일쑤이니 어찌 그렇지 않겠는가.

특히 유지광은 꽤나 고지식한 부류에 속하는지라 더더욱 그리 될 가능성이 높았다.

여태까지야 힘이 없으니까 나서지 않고 참았을 뿐, 일류를 넘어서 절정을 바라보는 지금의 실력이라면 충분히 일어날 수 있는 일이었다.

때문에 이신은 군이 냉이상에게 그를 맡긴 것이다.

냉이상은 실력도 실력이지만, 이 험난한 강호무림에서 오랫동안 굴러먹은 노강호였다.

특히 정파무림 이상으로 중상모략이 판치는 곳이 사파무림이었다.

그런 약육강식의 세상에서 지금껏 무사히 목숨을 부지한 것만으로도 충분히 인정받을 만한 일인데, 냉이상은 거기서 그치지 않고 무려 천사련의 장로라는 직위까지 역임했다.

만약 그가 소문대로 단순히 검에 미친 노강호였다면, 절대로 불가능했을 일.

이신이 그에게 유지광을 맡긴 것도 다 알고 보면 그 점을 높이 샀기 때문이다.

무공 자체보단 그러한 연륜과 경험을 유지광에게 가르쳐 주길 바라는 마음으로 말이다.

물론 유지광 본인은 그러한 사정에 대해선 전혀 모르고 있었지만 말이다.

'끌끌끌, 아직까지도 한참 부족한 녀석이니까.'

냉이상이 돌연 한심하다는 눈초리로 바라보자 유지광은 저도 모르게 목을 움츠렸다.

'뭐지? 이번에는 또 무슨 꼬투리를 잡으려고 저러는 거지?'

괜히 불안해지는 가운데, 냉이상의 고개가 예고 없이 어딘가로 획 돌아갔다.

갑작스러운 그의 행동에 유지광은 무심결에 따라서 고개를 돌렸다.

단순히 고개만 돌린 게 아니었다.

그는 자신의 의지와 상관없이 본능적으로 육신의 오감과 기감을 거의 동시에 예리하게 곤두세웠다.

이전과는 확연히 다른 반응 속도!

지난 한 달간 냉이상의 가르침이 얼마나 살벌했는지 단적으로 보여주는 장면이었으나, 지금은 그게 중요한 게 아니었다.

'이 소리는?'

처음에는 너무나 희미했지만, 좀 더 집중하자 그것이 지면을 두드리는 말발굽 소리라는 것을 알 수 있었다.

거기다 단순히 말 한 필이 아니라 여러 필의 말이 동시에 지면을 박차는 소리였다.

그 사실을 깨닫자마자 유지광은 곧장 냉이상을 바라봤다.

"어르신, 이건……!"

"가보자!"

두 사람은 누가 먼저라고 할 것 없이 연무장의 바닥을 박찼다. 그리고 얼마 지나지 않아, 유가장의 전 식솔들이 알게 되었다.

근 한 달간 자리를 비웠던 영호검의 주인과 유가장의 장녀가 동시에 가문의 품으로 돌아왔다는 사실을.

*   *   *

"어서 오너라. 멀리까지 갔다 오느라 고생이 많았겠구나. 중간에 별일은 없었느냐? 아픈 데는 없고?"

돌아온 이신 일행을 가주 유정검이 손수 나와서 반겼다.

특히 유세화의 손을 꼭 붙잡으면서 물어보는 모습이 실로 애잔할 지경이었다.

사실 말은 안 했지만, 유세화에 대한 걱정이 이만저만이 아니던 그였다.

더욱이 그녀가 배교의 신녀로서 흑월에게 호시탐탐 노려지고 있다는 사실까지 알고 있으니 걱정은 더욱 클 수밖에 없었다.

지금 하는 물음도 그에 관련된 걱정이 넌지시 깔려 있었다.

유세화가 웃으면서 말했다.

"별일은요. 설령 무슨 일이 있었다 한들, 제 옆에는 언제나 가가가 지키고 있으니까 염려 붙들어 매세요."

사실 이번 여정에서 그녀는 총관 만승지와 재회한 것도 모자라서 배신자인 그를 자신의 손으로 끝장내 버리까지 했다.

그러나 굳이 그 사실을 아버지 유정검에게 밝히지 않았다.

알아봐야 좋을 것도 없거니와, 구태여 말했다가 괜히 없던 심병이 생길까 두려웠기 때문이다.

그런 그녀의 마음씀씀이에 좌측에 앉아 있던 이신이 조용히 그녀의 손을 맞잡았다.

그런 두 사람의 모습을 따뜻한 시선으로 바라보는 것도 잠시, 유정검의 시선은 곧 유세화의 우측에 앉아 있는 소녀 쪽으로 향했다.

"호오, 네가 바로 마의 어르신의 손녀인 소소냐? 어르신한테서 들었던 것보다 더 아름답구나."

"가, 감사합니다, 가주님."

구양소소는 수줍게 얼굴을 붉히면서 몸을 살짝 배배 꼬았다.

그 모습이 어찌나 깜찍한지 유정검의 입가에 걸린 미소는 더욱 밝아졌다.

"허허허, 너무 그렇게 딱딱하게 예를 차릴 것 없다. 어르신의 손녀라면 나한테 있어서도 친손녀나 마찬가지. 부디 편하게 말하려무나."

"그래도… 될까요?"

"물론이지. 아예 이참에 오늘부터 나를 유 숙부라고 부르거라. 내 특별히 허락하마."

제아무리 예전보다 가세가 기울었다고 하지만, 유가장은 엄연히 무한을 대표하는 명문무가였다.

그런 무가의 가주인 유정검이 생판 남이나 다름없는 구양소소를 친손녀처럼 대하겠다고 하는 것도 모자라서, 아예 그냥 숙부라고 부르라고 허락할 정도라니.

실로 파격적인 제안이었지만, 마의에 의해서 마침내 그토록 갈망하던 무인으로서의 삶을 되찾은 것에 비하면 아무것도 아니었다.

오히려 해줄 수 있는 게 있으면 더 해주고 싶은 게 유정검의 마음이었다.

이에 구양소소의 얼굴이 미소가 피어났고, 유정검은 그런 그녀가 귀엽다는 듯 연신 머리를 쓰다듬었다.

"그나저나 저희들이 없는 사이에 무슨 일 없으셨습니까? 혹 건강에 어떤 문제라도……."

비록 마의의 치료가 있었다고 하지만, 불과 몇 달 전까지만 해도 주화입마—정확히는 오독문의 망혼초에 의한 중독 현상이었지만—로 인해서 몸져누워 있기 일쑤였던 유정검이 아닌가.

혹시나 하는 이신의 걱정에 그는 호탕하게 웃으면서 말했다.

"하하하! 이 숙부야 언제나 기체후 일향 만강하고, 별래무양 하였느니라. 그리고 신이 너도 잘 알고 있지 않느냐? 우리 화아 옆에 네가 있듯이 이 숙부의 곁에는 언제나 중원 제일의 잔소리꾼이 꼭 붙어 다닌다는 것을."

유정검의 말이 끝나기 무섭게 그의 옆에서 노회한 음성이 들려왔다.

"그거 참 다행이로군. 그 잔소리꾼이 누군지 모르겠지만, 노부만큼이나 아주 고생이 많구만그래."

"헉! 언제부터 거기 계셨던 겁니까, 선배님."

유정검은 과장스럽게 놀라는 시늉을 했고, 집무실에 막 들어선 마의는 익숙한 듯 그 모습을 바라보면서 한숨을 내쉬었다.

"후우, 자네 은근히 능글맞은 구석이 있군. 지금 유가장 전체가 검주의 귀환으로 떠들썩한데, 설마 진짜로 노부가 올 줄 몰랐다고 할 참인가?"

애당초 이신과 유세화가 대별산으로 간 이유가 무엇인가?

바로 마의의 친손녀, 구양소소를 데리고 오기 위함이 아니었던가?

고로 그가 돌아왔다는 것은 구양소소도 함께 이곳으로 왔다는 소리!

당연히 마의로선 하나뿐인 손녀와의 재회를 위해서라도 열일 다 제쳐놓고 달려올 수밖에 없었다.

한데 조금만 생각해 봐도 누구나 다 알 수 있는 사실을 유정검이 몰랐다?

그럴 리가 없다.

그건 능글맞기 짝이 없는 미소를 지으면서 괜히 딴청을 피워대는 유정검의 모습만 봐도 쉬이 알 수 있었다.

그렇게 서로 장난치듯 아웅다웅하는 유정검과 마의를 보면서 이신은 내심 놀랐다.

'숙부님과 어르신이 언제부터 저리 친근한 사이가 되셨지?'

언제나 유세화를 비롯한 식솔들 앞에선 근엄하고 진중한 모습만 보이던 유정검이 저리도 능글맞게 자신보다 웃어른인 마의를 놀려대는 모습은 실로 의외였다.

또 재미난 점은 그런 유정검의 장난을 마의가 아무렇지 않게 받아준다는 사실이었다.

이쯤 되면 두 사람은 비슷한 또래의 나이는 아니지만, 그 이상으로 더 가까운 막역지우(莫逆之友)라고 봐도 무방할 정도였다.

덕분에 이신은 조금 전 구양소소에 대한 유정검의 유난스러울 만치 스스럼없는 태도가 어디에서 비롯된 것인지 비로소 알 수 있었다.

그러다 문득 이신의 뇌리를 스치고 지나가는 사실이 있었다.

'그러고 보니…….'

원래 마의의 지기라면 유정검 외에도 한 명 더 있지 않았던가? 더욱이 그는 어느 누구보다 구양소소를 보고 싶어 한 자였다.

"어르신, 그분은 어디 계십니까?"

"아, 그 괴짜 놈 말이냐?"

딱히 누구라고 지칭하지 않았음에도 마의는 대번에 이신이 찾는 이가 신수귀옹 제갈훈임을 알아 맞혔다.

이신이 고개를 끄덕이기 무섭게 그는 다시금 말을 이었다.

"그 운중장인지 어디인지로 한 번 가 보거라. 그놈 참, 나이에 어울리지 않게 아주 재미난 짓을 벌이고 있더구나."

"재미난 짓이요?"

분명 이신이 대별산으로 떠나기 전에 그에게 운중장을 개축해달라고 말해두긴 했다.

한데 도대체 어떤 결과물을 내놨기에 마의가 저리 말한단 말인가?

하나 마의의 설명은 거기서 끝났다.

그저 말없이 의미심장한 미소만 지으면서 이신을 바라볼 뿐이었다.

그리고 그의 미소가 무얼 의미하는지 알게 되는 데는 그리 긴 시간이 필요하지 않았다.

"…세상에."

"우와아아아아아아!"

마의의 호언장담은 거짓이 아니었다.

과거 운중장이 서 있던 부지 앞에 도착하기 무섭게 유세화는 쉬이 말을 잇지 못하고, 구양소소는 눈을 초롱초롱 빛내면서 탄성을 내질렀다.

그도 그럴 게 직접 두 눈으로 보면서도 차마 믿기지 않을 만큼 경이로운 이적의 결과물이 그녀들의 눈앞에 버젓이 서 있었기 때문이다.

거대한 장원.

현재의 유가장도 장원의 규모가 상당했지만, 눈앞의 장원에 비하면 끽해야 별채로 보일 정도였다. 원래 운중장 주변의 부지가 꽤나 넓었다는 걸 감안해도 상당한 확장 공사를 감행했음을 짐작할 수 있었다.

'정말 이런 걸 한 달 만에 다 지었다고?'

분명 한 달 전까지만 해도 이곳에는 폐가나 다름없는 낡은 장원 한 채만 덩그러니 서 있지 않았던가?

도대체 그 볼품없는 폐가는 어디 가고, 대신 이런 대궐처럼 멋들어지고 거대한 장원이 뚝딱 만들어졌단 말인가?

그렇다고 해서 단순히 외견만 멋진 게 아니었다.

잠깐만 둘러봤지만, 내부 역시 훌륭하게 마무리되어 있었다.

이만하면 어지간한 대문파가 들어서도 충분하다 싶을 만큼 훌륭한 대장원이었다.

그녀의 시선이 자신도 모르게 등 뒤에 서 있는 노인, 제갈훈에게로 향했다.

그녀와 눈이 마주친 제갈훈은 너털웃음을 흘리면서 말했다.

"허허허, 어떠냐? 아직 절반만 완성된 거지만, 생각보다 그럴싸하지?"

유세화는 아무 말도 못 하고 그저 고개만 끄덕일 따름이었다.

이정도면 그럴싸한 정도가 아니라 훌륭 그 자체였다.

더욱이 아직 절반밖에 완공이 안 되었음에도 이런 엄청난 완성도라니!

과연 사람들이 왜 신수괴옹, 신수괴옹 하는지 알 것만 같았다.

이만한 솜씨라면 사람이 아니라 의당 신의 손이라 불러야
마땅했다.

"도대체 얼마의 자본과 인력을 들여야 이런 일이 가능한 거
죠?"

궁금한 마음에 유세화가 물어보자 제갈훈은 순순히 별거
아니라는 투로 답했다.

"어디보자. 지금까지 들어간 재료비만 따진다면 약 금 오만
냥 정도일 테고, 그 외에는 삼백 명의 솜씨 좋은 목공들을 삼
교대로 야간작업까지 돌린 게 다이니라."

"재, 재료비만 그, 금 오, 오만 냥이라고요?! 거, 거기다 목공
삼백 명을 삼교대로 야간작업까지……!"

유세화가 알기로도 솜씨 좋은 목공들의 인건비는 생각보다
센 편이었다.

한 명당 일당만 하더라도 족히 은 백 냥은 우습게 넘으리
라.

한데 그들을 십여 명도 아니고 무려 삼백여 명이나 고용하
다니.

심지어 빡세게 삼교대로 야간작업까지 돌렸다면, 한 달간
그들에게 들어간 순수 인건비만 하더라도 무려 금 구십만 냥
에 달했다.

앞서 말한 재료비는 그저 푼돈에 불과할 따름이었다.

'으, 은자 천 냥이 금 한 냥이니 다해서 그러니까⋯⋯!'

한 번도 본 적 없는 거액의 지출 앞에 유세화는 혼자 머릿속으로 바쁘게 주판을 두들겼다.

그런 유세화의 부산스러움과 달리 정작 돈을 지불해야 할 당사자인 이신은 꽤나 무덤덤한 얼굴로 건물 곳곳을 꼼꼼하게 살피는 데 여념 없었다.

물론 이신이 살펴보는 부분은 보통 사람들이 생각하는 부분과는 조금 달랐다.

애당초 그가 제갈훈에게 운중장을 개축해 달라고 한 이유는 하나뿐이었다.

외부로부터 안전하게 유세화를 지킬 수 있는 철통같은 요새!

과연 얼마나 그 목적에 충실하게 만들어졌는지 확신하기 위해서일까?

건물을 살피는 이신의 눈매는 잘 벼려진 검처럼 차갑고 날카롭기 그지없었다.

그렇게 꼼꼼하게 눈으로 살펴본 결과, 이신은 만족스러운 얼굴로 천천히 고개를 끄덕였다.

'역시 신수괴옹을 부르길 잘했군.'

자고로 약은 약사에게, 그리고 진료는 의원에게라고 했던가?

기관진식의 대가인 만큼 신수괴옹 제갈훈의 솜씨는 가히 일품이었다.

덕분에 새로운 운중장은 외견 하나만큼은 그야말로 완벽 그 자체였다.

비록 유세화는 돈이 너무 많이 들어서 부담스러워 하는 눈치였지만, 기왕지사 목돈을 쓸 거면 한 번에 제대로 써야 하는 법!

지금 생각해도 그를 이곳 무한까지 부른 자신의 선택은 실로 탁월했다고 봐야 했다.

그러나 정작 그의 입에서 툭 튀어나온 말은 꽤나 도발적이었다.

"용케 날림으로 짓지 않았군요."

유세화는 순간 저도 모르게 기가 막힌다는 표정을 짓고 말았다.

아니, 이 놀라운 광경 앞에 두고 내뱉는 감상이 고작 날림 공사가 아니라서 다행이란 말이라니.

이 무슨 실례되는 언사란 말인가?

유세화가 뭐라 한마디 하기 전에 직접 공사를 진행한 장본인, 제갈훈이 버럭 노성을 토해냈다.

"이놈! 감히 노부가 만든 건물에다 날림이니 뭐니 하면서 쓸데없는 트집을 잡으려는 게냐!"

당장이라도 달려들 듯 으르렁거리는 그를 이신이 진정시키면서 말했다.

"워워, 트집이라뇨. 그저 한 가지 미심쩍은 부분이 있어서 그렇지요."

"미심쩍은 부분이라고? 이놈이 또 무슨 뚱딴지같은 소리를……!"

"숨겨둔 부분들. 그것도 마저 봐야겠습니다."

"……!"

말하다 말고 제갈훈은 순간 저도 모르게 눈을 홉떴다.

'이놈이 어떻게……!'

한눈에 봐도 당황한 티가 역력한 그를 보면서 이신은 그저 조용히 미소만 머금었다.

이래 봬도 마교의 특작조인 혈영대에서 무려 대주 자리까지 역임했었던 그다.

적진의 잠입이나 요인 암살을 주 임무로 삼는 혈영대의 특성상, 이신은 어지간한 전문가 이상으로 전반적인 건물의 구조나 형태에 대해서는 훤히 꿰고 있었다.

그런 그가 유세화나 구양소소가 미처 눈치채지 못한 부분들, 이를테면 설계상으로 있어선 안 되는 구조물의 배치나 비어 있는 공간 등의 위화감을 놓칠 리 만무했다.

그는 웃으면서 말을 이었다.

"거기다 좀 전에 마의께서 말씀하셨습니다. 어르신께서 이번에 꽤나 재미있는 일을 벌이고 있다고 말이죠. 제법 기대가 큽니다."

이신의 말이 끝나기 무섭게 유세화가 손뼉을 짝 마주치면서 탄성을 내질렀다.

"아아, 그러고 보니……."

확실히 이신의 말대로 마의가 가주 유정검의 집무실에서 그런 말을 한 적이 있긴 했다.

구양소소도 기억한 듯 고개를 작게 끄덕였다.

그런 모두의 반응 앞에 제갈훈의 주름진 얼굴이 절로 일그러졌다.

"크윽, 그 망할 영감탱이가! 단둘이 술 마시면서 말한 걸 고새 여기저기다 떠벌리고 다녔다니! 빌어먹을. 생긴 것과 다르게 깃털처럼 입이 가벼운 영감탱이 같으니……! 에잉, 따라와라!"

연신 투덜거리면서 혼자서 운중장 안으로 먼저 들어가 버리는 제갈훈.

그의 뒷모습은 흡사 준비해 둔 장난이 실패해서 뿔이 날 대로 나버린 어린아이와 별반 다를 게 없었다. 이신 등은 소리 없이 웃으면서 그의 뒤를 따랐다.

하나 그도 잠시, 곧 그들의 얼굴에서 미소가 싹 사라졌다.

대신 경이로움이 그 자리를 차지했다.

"우와……!"

"가가, 이건……!"

장원 안에 들어서자마자 구양소소와 유세화는 누가 먼저라고 할 것 없이 화들짝 놀라고 말았다.

분명 아까 전에 들어 왔을 땐 그저 넓고 큰 장원이었거늘 마치 세상이 바뀐 것처럼 저마다 화려한 자태와 향긋한 향을 뿜내는 기화요초로 가득한 화원이 그녀들을 반기고 있었다.

유일하게 이신이 크게 놀라지 않고 그저 조용히 고개를 끄덕일 따름이었다.

'진법인가?'

앞서 제갈훈이 혼자 먼저 건물 안으로 들어간 것은 심통이 나거나 그래서가 아니었다.

다 장원 안에 숨겨져 있는 진법과 기관을 미리 작동시키기 위함이었다.

'예전 진법가로서의 면모를 되찾으셨군.'

단순히 승부에 이기기 위해서 혈안이 되었던 예전의 모습은 온데간데없고, 지금의 제갈훈은 순수하게 기관진식 등을 즐기던 그때의 그 모습으로 완전히 되돌아와 있었다.

이게 다 이신과의 설욕전에서의 쓰디쓴 패배가 좋은 약으로 작용한 결과였다. 하지만 제갈훈은 결코 그 사실을 바른

대로 인정하려고 들지 않았다.

갑자기 어디선가 들려온 그의 퉁명스러운 음성만 봐도 잘 알 수 있었다.

[흥, 어디 이번에도 생문을 찾아서 빠져나와 보거라!]

난데없는 진법 승부!

과연 겉보기에는 그저 눈속임용 진법으로밖에 안 보이지만, 이신의 눈에도 눈앞의 화원은 실체와 하등 다를 게 없을 만큼 정교하기 그지없었다.

그러나 결코 간과해선 안 되는 사실이 하나 있었다.

지금 이신의 옆에는 유세화뿐만 아니라 제갈훈이 그토록 아끼는 구양소소도 함께 있었다.

비록 길을 잃을지언정 절대로 목숨에 유해한 진법일 리는 없었다. 물론 그래도 생문을 찾기가 어렵다는 사실은 변함없었지만 말이다.

거기다 이신은 눈으로 보이는 사실과 달리 제갈훈이 그저 자신과 겨룰 목적으로 진법을 펼친 게 아니라는 것 역시 깨달았다.

앞서도 말했지만 이번에 새로 지은 운중장은 철저하게 외부의 침입을 막기 위한 목적으로 만들어졌다.

그런 면에서 보자면 이 화원은 그런 본연의 목적에 충실하다고 볼 수 있었다.

누구라고 한들 생문에 대해서 모를 시에는 꼼짝없이 이 화원 안에 갇혀 버리고 말테니까.

화려한 감옥.

그곳을 바라보는 이신의 입꼬리가 소리 없이 올라갔다.

'역시 내 선택이 옳았어.'

신수귀옹이 괜히 신수귀옹이 아니었다.

의뢰인의 기대는 물론이거니와 원하는 바를 이리도 완벽하게 충족시켜 주다니.

다소 언행 면에서 삐뚤어진 감이 없잖아 있었지만, 그건 아주 사소한 단점에 불과할 뿐이었다.

때문에 이신은 때 아닌 제갈훈의 심술에 기꺼이 어울려 주기로 마음먹었다.

아니, 단순히 어울리는 데서 그치지 않았다.

그는 이참에 새로운 운중장의 감시 체계를 철저하게 온몸으로 체감해 보기로 했다.

'부디 절 실망시키지 마십시오, 어르신.'

동시에 그의 눈은 제갈훈이 펼친 환영진을 매섭게 살피기 시작했다.

*　　　*　　　*

세 시진 뒤.

먼지투성이가 되어서 장원 바깥으로 나오는 이신을 보면서 제갈훈이 한마디 했다.

"괴물 같은 놈."

설마 처음의 환영진뿐만 아니라 끝내 운중장에 설치된 모든 진법과 기관진식을 고작 세 시진 만에 전부 다 통과해 버리다니.

심지어 그는 중간에 유세화와 구양소소를 안전한 바깥으로 내보낸 뒤 혼자서 다시 진법 안으로 들어가서 도전하는 여유마저 보였다.

실로 기가 찬 노릇이 아닐 수 없었다.

"내 두 번 다시는 네놈과 승부하지 않을 것이다. 이건 뭐 상식이 안 통하는 것도 유분수지. 어디서 이런 괴물같은 놈이 튀어나온 건지 원."

넌더리가 난다는 표정으로 제갈훈은 연신 고개를 내저었다.

이신은 그저 씩 웃어넘길 따름이었다.

'훌륭하다. 기대 이상이다.'

결국 자신에게 세 시진 만에 뚫리고 말았지만, 아직 개축 공사가 절반도 완공되지 않았다는 점을 감안해야 했다.

달리 보자면 고작 절반만 완성된 진법과 기관 장치만 가지고 이신의 발을 무려 세 시진 동안이나 묶어둔 거라고 볼 수도 있었다.

만약 완벽하게 공사가 끝나서 장원 안에 설치된 진법과 기관 장치들이 완전한 상태였다면?

제아무리 이신이라고 할지라도 세 시진 가지고는 어림도 없었을 것이다.

아니, 지금과 같이 사지가 멀쩡한 채로 나올 수 있을지도 의문이었다.

이대로 간다면 머지않은 시일 내에 운중장이 철옹성에 가까운 요새로 탈바꿈하리라.

바로 그때, 제갈훈이 나지막한 음성으로 속삭이듯 말했다.

"네 이놈, 도대체 이만한 시설이 필요한 이유가 무엇이냐?"

비록 승부에서 졌으니 군말 없이 만들긴 했지만, 그래도 내심 궁금했다.

도대체 이신이 무슨 까닭으로 이런 요새를 필요로 하는 것인지.

비록 스스로의 입으로 직접 말하긴 뭐했지만, 지금의 운중장 정도의 설비라면 어지간한 입신경급 고수도 혼자서는 뚫기 어려웠다.

'혹시 마교의……?'

혹 마교가 뒤에서 일을 꾸미는 것은 아닐까?

만약 그렇다면 그에게는 실로 낭패였다. 졸지에 정파의 명숙인 그가 마교의 주구에게 한손 보태고 만 꼴이었으니까.

굳어지는 그의 표정을 보고는 이신은 피식 웃으면서 말했다.

"뭘 생각하는지는 알겠지만, 그럴 일은 일절 없을 테니 걱정 붙들어 매십시오."

"그래? 흠! 그럼 뭐 천만 다행이지만……. 아무튼 그래서 진짜 네 목적이 무엇이냐?"

제갈훈은 끈질겼다.

그 열성에 이신도 끝내 졌다는 듯 쓴웃음을 머금으면서 말했다.

"지키기 위해서입니다."

"누구를? 혹시 소소를 말하는 거냐?"

구양세가가 천음구절맥인 구양소소를 노린다는 건 제갈훈도 익히 아는 사실이었다.

더욱이 그녀는 이신의 제자. 지켜야 될 이유는 차고 넘쳤다. 하지만 제갈훈의 생각은 빗나갔다.

"소소는 걱정하지 않습니다. 이제 구양세가 따위 두렵지 않으니까요."

"뭐? 어째서?"

"그건 나중에 말씀드리겠습니다. 어쨌든 지금은 소소가 안전하다는 것만 알고 계십시오."

"흠, 알았다. 아무튼 소소가 아니라면, 결국 저 여아를 지키겠다는 것이냐?"

이신은 대답 대신 구양소소와 함께 운중장 이곳저곳을 살피고 있는 유세화를 바라봤다.

그것으로 충분히 대답이 된 듯 제갈훈이 다시 말을 이었다.

"무엇으로부터?"

적이 누구냐?

대체 누굴 적으로 뒀기에 저 아이를 지키려는 것이냐?

여러 가지 의미가 함축되었으면서 어찌 보면 이것이야말로 가장 핵심을 관통하는 물음이었다.

이에 이신이 막 대답하려는 찰나, 갑작스러운 불청객이 두 사람의 대화를 중단시켰다.

"형님!"

불청객의 정체는 다름 아닌 유지광이었다.

第五章
적화선자(赤花仙子)

"그러니까 지금 유가장에 무림맹 쪽 사람이 찾아왔다고?"

"예. 그것도 무려 문 지부장이 직접 찾아왔습니다."

"지부장이 직접 왔다라……"

확실히 유지광이 허겁지겁 달려올 만했다.

무림맹의 사람, 그것도 지부의 최고 책임자인 문태승이 직접 찾아왔다니 어찌 당황했겠는가.

안 봐도 그 모습이 눈에 선했다.

"그래서 뭣 때문에 나를 보자고 한 것이냐?"

"그게 반드시 형님에게 직접 말해야 한다면서 고집을 부려대는 터라, 정확한 이유는 아직 저희도……."

"흠……."

이신은 살짝 눈살을 찌푸렸다.

'너무 빨라.'

무림맹에서 사람을 보낸 것 자체는 딱히 문제될 게 없었다.

단지 마음에 걸리는 건 시간이었다.

오늘 그와 유세화의 귀환으로 유가장 전체가 떠들썩해지긴 했지만, 그건 어디까지나 유가장 내부의 일일 뿐이다.

한데 불과 하루도 채 안 지나서 지부장 문태승이 직접 유가장을 찾아온다?

마치 오늘 이신이 무한에 도착할 거란 사실을 미리 알고 있었다는 착각이 들 정도였다. 그리고 그건 충분히 가능성 있는 일이었다.

'신안각인가.'

무림맹 산하의 정보 단체, 신안각의 규모는 실로 방대하다.

오죽하면 중원 곳곳에 무림맹의 눈과 귀가 활개를 친다는 말까지 들릴까.

그러니 그들이 작정하고 이신 일행의 움직임을 추적하고 파헤친다면 그 경로를 사전에 미리 유추하는 것쯤이야 식은 죽

먹기일 터였다.

그래서 그에 관해선 대충 이해하고 넘어갔지만, 여전히 해소되지 않은 한 가닥의 의문이 있었다.

'어째서 무림맹에서 나를 보자고 하는 거지?'

혹 빼앗긴 환혼빙인을 다시 돌려달라고 하려는 걸까?

만약 그랬다면 진즉에 공식적으로 유가장에 이런저런 압박이 들어왔을 터였다.

한데 지금까진 조용하다가 이신이 돌아오고 나서야 그런 요구를 한다는 건 앞뒤가 좀 맞지 않았다.

'그게 아니면 뭐 때문이지?'

쉬이 답이 나오지 않았다.

이신은 단무린에게 한번 알아보라고 지시를 내린 뒤, 시선을 제갈훈에게로 향했다.

"어르신께서는 어찌 생각하십니까? 이번 무림맹의 행동에 대해서."

굳이 제갈훈에게 의견을 묻는 것은 보다 다양한 관점의 시각에서 사건을 바라보기 위함이기도 했지만, 뭣보다도 그가 한때 동심회의 총사를 맡았을 만큼 지모가 뛰어나다는 부분이 크게 차지했다.

"글쎄, 노부 같은 뒷방늙은이가 뭘 알겠냐만……."

말은 그리 했지만, 정작 제갈훈은 뭔가 짐작 가는 부분이 있다는 눈치였다.

무언의 시선으로 재촉하자 그가 말했다.

"적어도 나쁜 뜻으로 보자는 건 아닐 게다."

"나쁜 뜻이 아니라고요?"

이신이 고개를 갸웃거리자 제갈훈은 피식 웃으면서 말했다.

"다른 사람은 몰라도, 광호도 그치는 세 치 혀로 상대를 농락하기보다 차라리 그 시간에 칼로 적의 혓바닥을 자르는 쪽에 가까운 자다. 그리고 권력이고 금력이고 다 떠나서 오로지 본신의 무력만을 신봉하는 자이기도 하지."

본디 별호란 그 사람의 평소 성정을 반영하게 마련.

괜히 팽한성의 별호 앞에 미친 호랑이란 단어가 붙은 게 아니었다.

제갈훈이 이어서 말했다.

"언젠가 그자랑 한번 부딪쳤다지? 그렇다면 광호도는 네놈의 실력을 경계해서라도 섣불리 먼저 칼을 뽑지는 않을 것이다. 그리고……"

"그리고?"

"지금 광호도의 행동은 자의적인 판단이라기보다 뭔가 주변의 가까운 자로부터 조언을 얻고 행동한다는 느낌이랄까. 평소의 광호도답지 않은 대응이야."

"즉, 누군가 광호도의 뒤에 있을 가능성이 높다……?"

"바로 그거지."

"흠."

확실히 일리 있는 생각이었다.

팽한성은 스스로 생각해서 행동하기보다 위에서 내려온 명령을 빈틈없이 수행하는 쪽에 더 가까운 유형의 인물.

이런 판을 짜기에는 적합하지 않았다.

그렇게 제갈훈으로부터 이런저런 이야기를 들은 덕분일까.

이신은 마침내 결론을 내렸다.

"일단 무림맹으로 가보겠습니다. 만나서 직접 이야기를 해봐야 광호도 그자의 진짜 의도가 무엇인지, 또 그의 뒤가 누가 있는 지도 확실해질 테니까요."

이신의 말에 제갈훈은 고개를 끄덕였다.

그 또한 내심 그러는 게 좋겠다고 생각했기 때문이다.

그리고 이내 유지광과 함께 떠나는 이신의 뒷모습을 바라보면서 그는 작게 뇌까렸다.

"어쩌면……."

이신에게는 미처 말하지 않았지만, 사실 그에게 한 가지 더 집히는 부분이 있었다.

아니, 집힌다기보다는 이미 알고 있던 정황이라고 해야 맞을 것이다.

그의 손이 품 안에 들어갔다가 나왔고, 이내 웬 서찰 한 장이 그 모습을 드러냈다.

섬세하면서도 고운 필체로 쓰여 있는 문장의 향연이 제갈훈의 망막에 선명하게 맺혔다.

그리고 얼마 지나지 않아 그의 시선이 서찰 마지막 부분에 머물렀다.

—…해서 조만간 무한에 갈 일이 생길지도 모르겠어요. 그때까지 건강 잘 챙기시고 아무 일 없으시길. 사랑하는 손녀가.

제갈훈은 인상을 팍 찡그렸다.

"순전히 일 때문에 오는 거면서 사랑은 무슨 놈의 사랑. 요망한 것 같으니라고. 어째 가면 갈수록 지아비의 나쁜 부분을 쏙 빼닮아 가는구만."

그래도 조심스레 품 안에 다시 서찰을 여며 넣는 제갈훈의 행동만 봐도 서찰을 보낸 이에 대한 그의 사랑이 어느 정도인지 짐작할 수 있었다.

그래서 그는 걱정이었다.

자신이 사랑하는 이와 이신이 행여나 안 좋은 일로 부딪치게 되면 어떻게 하나 하고.

'부디 별일 없기를.'

그저 이 기도가 부질없는 기도로 끝나지 않길 바랄 뿐이었다.

＊　　　＊　　　＊

"오, 왔는가. 생각보다 빨리 왔구만그래."

턱수염이 덥수룩하게 난 거구의 중년인, 팽한성이 문태승과 함께 집무실로 들어선 이신을 반겼다.

"오래간만입니다, 대주님. 그간 강녕하셨는지요?"

"후후후, 강녕이라."

팽한성은 저도 모르게 씁쓸하게 웃었다.

그와 이신은 초면이 아니었다.

과거 환혼빙인 사건 때를 계기로 작은 인연을 맺게 되었는데, 당시 팽한성은 나름대로 이신과 좋은 관계를 유지하려고 했었다.

간만에 나온 정파의 신진고수요, 잘하면 무림맹의 든든한 아군이 될 수도 있었으니까. 하지만 처음부터 둘 간의 관계는 틀어질 수밖에 없었다.

환혼빙인.

그 희대의 마물을 손에 넣기 위해서 팽한성은 어쩔 수 없이 이신의 빈틈을 노렸지만, 그날 하늘은 그의 편이 아니었다.

수라마혼령.

구양중이 숨기고 있던 비장의 한 수이자 십대마공에 당당히 등재된 금지된 음공에 무방비로 당하고 만 여파로 팽한성은 무려 근 보름간을 꼼짝없이 침상 위에 누운 채 정양해야만 했다.

그나마 내력이 남들보다 월등히 심후한 그였으니 그 정도 선에서 그쳤을 뿐, 그를 제외한 맹호대 무인들의 상태는 훨씬 더 심각하기 짝이 없었다.

우선 전원 다 주화입마에 가까운 내상을 입은 것도 모자라서 개중 몇몇은 지금까지도 여전히 의식을 회복하지 못했다.

정상일 때와 비교해서 전력이 약 칠 할가량으로 줄어든 상황.

맹호대가 창립된 이래 최악의 상황이었다.

사실상 이 상태로는 정상적으로 조직을 운용한다는 것 자체가 불가능했다.

더욱이 이신과 같은 고수와 마찰을 일으킨다는 건 섶을 지고 불길로 뛰어드는 거나 마찬가지일 터.

'그것만 아니었어도……'

환혼빙인 건은 그렇게 허무할 정도로 조용히 묻히지 않았을 것이다.

아니, 어떻게 해서든 끝까지 물고 늘어졌으리라.

그럼에도 팽한성이 지금 불같은 성질을 꾹 누르면서 이신을 마주하는 데에는 다 그만한 이유가 있었다.

'후우, 참자 참아. 일단은 대화가 먼저다. 그러기로 결정했으니까.'

팽한성은 오른손이 자꾸 근질거리는 것을 애써 참으면서 말했다.

"자자, 이렇게 계속 서서 말하기도 좀 그러니 이제 그만 앉게나."

팽한성의 권유에 이신은 바로 자리에 앉는 대신 묵묵히 그를 바라봤다.

비록 겉으로는 웃고 있지만, 지금 팽한성은 당장이라도 이신을 향해서 출수하고 싶어서 주체를 못할 지경이었다.

심지어 이신은 정확하게 팽한성의 무위보다 딱 두 단계 아래의 기도만 은연중에 흘리고 있었다.

자고로 한낱 똥개도 자기네 집에선 반은 먹고 들어가는 법.

이곳은 무림맹이고, 팽한성 입장에선 자기 집 앞마당이나 마찬가지다.

실제로 싸움이 벌어지면 불리한 건 단연코 이신 쪽이었다.

막말로 이곳에서 어떤 일이 벌어지든 간에 무림맹 측에선 그를 덮을 만한 명분을 어떻게든 만들어낼 것이다.

그런데도 끝까지 칼을 뽑지 않고, 계속 자신과의 대화를 이어나간다?

'역시 뒤에 누군가 있군.'

어둠 속에 숨어 있는 단무린이 전음으로 말했다.

[누군지 몰라도 참 대단하군요.]

세상의 어떤 이가 천하의 미친 호랑이의 입에다 재갈을 물린 것도 모자라서 본성을 억누른 채 저리 자신의 뜻대로 움직이게 만들다니.

더욱이 팽한성은 현 상황에 대한 불만은 있을지언정 진정으로 자존심이 상한 눈치는 아니었다.

그 말은 어느 정도 기꺼운 마음으로 그 누군지 모를 자의 지시를 따르고 있다는 소리.

[곧 있으면 알게 되겠지.]

이신의 예측은 크게 빗나가지 않았다.

이런저런 잡다한 이야기를 약 반 각가량 나누었을 때쯤인가?

문태승은 난데없이 급한 볼일이 있다면서 그 길로 집무실 밖으로 나갔다. 둘이서 이야기할 수 있게 알아서 자리를 피한 것이다.

그가 나감과 동시에 팽한성이 자리에서 벌떡 일어났다.

그의 얼굴에서 미소는 사라진 지 오래였다.

"따라와라."

"어딜 말입니까?"

물음에 대한 대답 대신 팽한성은 집무실 한쪽에 있는 책장 쪽으로 향했다. 그리고 그중 책 하나를 냉큼 뽑아 들었다.

그그그그그그극―!

그러자 책장이 알아서 옆으로 움직였고, 그 뒤에 숨겨져 있던 통로가 드러났다.

일순 단무린이 기가 막힌다는 음성으로 말했다.

[허, 기관 장치라니. 일개 지부에 존재하기엔 너무 거한데요?]

기관을 작동시킬 때마다 책장이 움직이면서 수없이 바닥을 긁으면서 생긴 자국과 오래된 책장의 상태만 보더라도 결코 하루아침에 뚝딱 만들어진 게 아니었다.

처음부터 지부가 세워질 무렵부터 있었던 공간이라는 소리였다.

그때, 단무린이 말했다.

[아마도 이곳은 무림맹의 지부이면서 신안각의 지부인 것 같군요. 안 그래도 문태승 그자가 신안각주의 사람이란 말이 은연중에 떠돌았는데, 마냥 헛소문이 아니었던 모양입니다.]

겨우 몇 개의 단서만으로 단무린은 금세 작금의 정황에 대한 분석을 모두 마쳤다.

그사이 팽한성은 말없이 앞장섰고 이신은 그 뒤를 조용히 따랐다.

완만한 경사로 내려가는 계단을 걷는 와중에 순간 이신의 눈에 이채가 떠올랐다.

동시에 단무린의 전음이 들려왔다.

[호풍객(呼風客)입니다.]

제갈세가의 현 가주를 호위하는 수신호위이자 한 명 한 명의 무위가 절정을 넘어선 고수들.

특히 그들의 은신술은 본연의 무위와 상관없이 전원 화경급 고수의 이목마저 속일 수 있을 만큼 대단했지만 이신과 단무린의 이목까지 속일 순 없었다.

단무린의 경우는 진야환마공을 통해서 자신과 접하는 그림자들을 모두 자신의 통제하에 놓을 수 있었다.

물론 어느 정도의 한계는 존재했지만, 그럼에도 어둠 속에서의 그는 거의 무적이나 다를 바 없었다.

때문에 단무린에게 있어서 어둠 속에 숨어 있는 호풍객들의 존재를 파악하는 것쯤이야 식은 죽 먹기였다.

이신?

그는 그냥 한눈에 보고 다 알았다.

이미 그의 시력은 배화공이 팔륜의 경지를 넘어서면서부터 인간의 범주를 벗어난 지 오래였으니까.

오히려 그는 단무린이 미처 보지 못한 것까지 발견했다.

[천익급 호풍객이라. 재미있군.]

[천익급이라고요?]

단무린은 경악했다.

그럴 수밖에.

호풍객이라고 해서 다 같은 호풍객이 아니다.

호풍객은 가장 아래부터 시작해서 흑익(黑翼), 청익(靑翼), 백익(白翼), 금익(金翼), 그리고 끝으로 천익(天翼)까지 총 다섯 가지의 등급으로 분류된다.

그중 천익급은 호풍객 중에서도 가장 드물고, 또한 특별했다.

정확한 인원수가 몇 명인지조차 불분명하지만, 딱 하나 확실한 것은 그들 모두 못해도 화경급 이상의 고수라는 사실이었다.

게다가 정확한 이유는 아직 밝혀지지 않았지만, 천인급 호풍객에게는 그 어떤 종류의 사술도 일절 통하지 않는 것으로 유명했다.

환술을 주 무기로 하는 단무린에게는 그야말로 천적과 같은 존재.

단무린이 미처 눈치채지 못한 것도 무리가 아니었지만 중요한 건 그게 아니었다.

'천익급 호풍객이 이곳에 있다는 것은……'

천익급 호풍객의 임무는 다른 호풍객들과 달리 오직 하나, 바로 제갈가의 직계혈손을 보존하고 지키는 임무를 수행하는 것이었다.

한데 그 천익급 호풍객이 이곳에 있다는 것은 한 가지 의미로밖에 볼 수 없었다.

'설마 제갈가의……?'

비로소 앞서 이신이 말한 재미있다는 말의 뜻을 알 수 있었다.

한편 이신은 저만치 앞서가는 팽한성을 묵묵히 주시했다.

그냥 걷기만 하는 데도 팽한성이 지나간 자리는 피부가 저릿저릿할 만큼 날카롭게 대기가 요동쳤다.

살기(殺氣)였다.

언제라도 칼을 뽑을 준비가 되어 있다는 증거.

'날을 바짝 세웠군. 아까 집무실에서 봤을 때와는 딴판이야.'

내내 발톱을 숨기고 있던 호랑이가 이제야 본성을 드러냈다는 느낌이랄까?

이상한 건 왜 그가 자신에게 날선 반응을 보이는 것이었다.

딱히 팽한성과 이신 간에는 서로 견원시할 은원이 있는 것도 아닌데 말이다.

'영문을 모르겠군.'

문득 궁금했지만, 굳이 그에게 이유를 묻지는 않았다.

이전에도 아무 이유도 없이 자신에게 살기를 내뿜던 자들은 여럿 있었다. 대체로 자신이 상상할 수 없는 사소한 이유들이 태반이었기에 나중에 가서는 아예 신경조차 쓰지 않았다.

어차피 이신이 볼일이 있는 건 팽한성이 아니다.

그의 뒤에 있는 자. 그자와의 대화가 오늘의 목적이었다.

한데 그때였다. 돌연 팽한성이 멈춰 서서 뒤돌아선 것은.

"…였군."

"음?!"

알아들을 수 없는 팽한성의 말에 의아해하는 것도 잠시, 이신은 순간 저도 모르게 움찔했다.

팽한성이 무의식중에 흘리던 살기가 전부 이신에게 집중된 것이다.

일점에 집중된 살기.

전설의 의형살인(意形殺人)까지는 아니더라도, 고만고만한 실력의 무인이라면 적잖은 내상과 함께 그 자리에서 쓰러지고도 남을 가공할 위력이었다.

하나 이신은 팽한성의 살기를 태연하게 정면에서 받아내는 것도 모자라서 두 발로 똑바로 서 있었다.

이에 팽한성은 역시 그럴 줄 알았다는 표정으로 말했다,

"역시 나를 속였군."

"무엇을 속였단 말이오?"

"시치미 떼지 마라! 갓 이립밖에 안 된 나이에, 한낱 중소방파 출신인 자가 이 정도로 고강한 무공을 일신에 익힌다고? 그래… 처음부터 그 부분이 이상했어! 만약 네놈이 귀령 그 육시랄 놈처럼 십대마공이라도 익히지 않은 한 그건 불가능한 일이다!"

그 말을 듣는 순간, 이신의 입꼬리가 비릿하게 올라갔다.

'이거였나?'

자신에 대한 팽한성의 이유 모를 적의.

그것이 무엇으로부터 비롯된 것인지 이제야 좀 알 것 같았다. 그리고 어느 정도 정정이 필요하다고 느낌과 동시에 이신은 말했다.

"어째서 불가능하단 거지?"

"뭐?"

"설마 오대세가나 구대문파의 제자가 아니면 고수가 될 수 없다는 소리를 늘어놓고 싶은 건가? 실망이군. 고작 그런 편견에 사로잡힌 그쪽이……."

"그쪼오옥? 이놈이 감히……!"

팽한성은 이신의 지적보다 그의 반말이 더욱 눈에 거슬리는 눈치였다.

하긴 무림맹에서의 배분이나 신분상, 평소 어느 누가 감히 그에게 반말을 지껄이겠는가?

하지만 이신은 무림맹의 사람이 아니었고, 하물며 팽한성은 명백히 자신에게 적의를 드러내고 있었다.

눈에는 눈, 이에는 이.

저쪽에서 먼저 이를 드러냈으니 이쪽도 더 이상은 참아야 할 이유가 없었다. 물론 굳이 선배 대접을 해줄 필요는 더더욱 없었다.

때문에 팽한성이 기분 나빠하든 말든 전혀 개의치 않은 채, 이신은 계속 자기 할 말만 이어 나갔다.

"잘 들어, 늙은이. 이 세상에는 당신이 모르는 천외천의 고수들이 우글우글하다고. 그런 기본적인 사실도 모르고 나대면… 죽는다고?"

쿠웅!

죽는다고, 라는 말이 채 끝나기 전에 팽한성의 어깨 위로 보이지 않는 무형의 압력이 인정사정없이 내리꽂혔다.

마치 거대한 망치로 있는 힘껏 내려친 것에 준할 만큼의 충격!

실제로 팽한성의 발이 발목까지 바닥에 처박혀 버렸다.

휘리이이이익—!

이에 놀람을 토해내기도 전에 강맹한 경력의 소용돌이가 그의 가슴팍을 덮쳐 왔다.

퍼벙!

이내 북 터지는 음향과 함께 뒤로 미끄러지듯 날아가는 팽한성. 그리고 조금 전까지 그가 서 있는 자리에는 이신이 대신 서 있었다.

이신은 날아가는 팽한성 대신 자신의 오른손을 물끄러미 내려다봤다.

방금 전, 그는 기습적으로 팔열수라수를 펼쳤다.

비록 전력으로 펼친 건 아니었지만, 그래도 치명상을 입히기엔 충분했다. 하지만 어쩐지 공격이 얕게 들어갔다는 느낌이 들었다.

"썩어도 준치란 건가?"

고개를 정면으로 옮겼다.

그러자 바닥에 긴 고랑을 남긴 채로 멈춰선 팽한성의 손에는 어느덧 그의 애병 맹호도가 칼집째로 비스듬하게 들려져 있는 게 보였다.

칼집의 중간에는 큼지막하게 새겨진 장인(掌印), 딱 봐도 팔열수라수의 흔적이었다.

놀랍게도 팽한성은 창졸지간에 이신의 공격을 막아낸 것이다.

비록 이신의 일격을 정면으로 받아내는 바람에 칼집이 망가지고 말았지만, 대신 자신의 목숨을 구한 셈이니 팽한성 입장에선 꽤나 남는 장사였다.

하나 그의 표정은 결코 밝지 않았다.

'적잖은 손해를 봤다.'

그런 그의 생각에 동감하듯 손에 들린 맹호도가 가느다랗게 울기 시작했다.

우우웅—

그건 신도합일에 의한 공명음도. 적을 위협하고자 내는 소리도 아니었다.

그냥 아파서 내는 소리였다.

애병의 아픔이 마치 자신의 고통처럼 느껴져서 팽한성은 조용히 아랫입술을 앙다물었다.

노고수의 소리 없는 분노에도 이신의 표정은 별달리 달라지지 않았다.

도리어 그보고 들어오라는 듯 가볍게 손짓하는 여유를 보였다.

물론 팽한성의 분노를 더욱 부추기기 위해서 일부러 하는 행동이었고, 그의 의도는 제대로 먹혀들었다.

스르릉—!

서늘한 마찰음과 함께 칼집에서 미끄러지듯 뽑혀져 나오는 도신, 이에 이신 또한 허리춤의 영호검을 뽑으려고 할 때였다.

티잉—!

어둠 속에서 번뜩이는 백광!

그와 동시에 팽한성의 맹호도가 도로 칼집으로 들어갔다.

팽한성은 잇소리를 냈지만, 차마 다시금 칼을 뽑지 못했다.

창졸지간에 그의 칼과 부딪친 것.

바닥에 떨어진 매화꽃잎 모양의 장식을 보고 난 이후였기 때문이다. 그리고 곧 그의 귓가로 옥구슬이 구르는 것처럼 청아한 음성이 들려왔다.

"손님을 상대로 흥분하지 마세요, 팽숙. 일단 뒤로 물러나세요."

팽한성뿐만 아니라 장내 전체로 울려 퍼지는 그 음성을 듣자마자 이신은 내심 깜짝 놀랐다.

'설마 광호도의 뒤에 있던 자가 여자였단 말인가?'

그것도 무척이나 어렸다.

목소리만 듣고 판단했을 때는 많이 쳐줘도 이십 대 초반에서 중반 남짓이었다.

혹 위장인가 싶었지만, 좀 전의 한 수를 보자면 그럴 가능성은 낮았다.

'방금 그건 제갈세가 비전의 암기술, 적엽비화다.'

그리고 적엽비화를 익힐 수 있는 것은 오로지 가문의 직계 혈족뿐이었다.

더욱이 당장이라도 명령을 무시하고 냅따 이신에게 달려들 줄 알았던 팽한성은 나지막한 한숨과 함께 뒤로 물러났다.

실로 고분고분한 태도가 아닐 수 없었다.

그러자 그 뒤로 누군가가 천천히 모습을 드러냈다.

총기 가득한 눈에 지적인 외모가 인상적인 장신의 백의 미녀였다.

거기에 곱게 땋아 올린 머리를 고정하고 있는 백매화 모양의 비녀가 유독 눈에 띄었다.

절정에 이른 적엽비화와 백매화 모양의 비녀, 그리고 보기드문 미색까지.

그 세 가지를 모두 종합하자 얼추 그녀의 정체가 짐작되었다.

그러는 사이, 백의 미녀가 말했다.

"자세한 이야기는 자리를 옮겨서 하도록 하죠."

사방이 막힌 석실.

그 안에서 이신과 팽한성, 그리고 백의 미녀가 각탁 하나를 사이에 둔 채 마주앉았다.

가장 먼저 입을 연 것은 백의 미녀였다.

"처음 뵙겠습니다. 제갈수련입니다."

'역시 적화선자였군.'

그럴 줄 알았다는 듯 이신은 고개를 끄덕였다.

적화선자(赤花仙子) 제갈수련.

그녀는 무림맹주 백염도제가 거둔 여섯 명의 제자 중 한 명으로 정확히는 다섯 번째 제자였다.

그것은 차후 무림맹을 이끌어갈 동량 중 한 명이란 소리였기에 팽한성으로서도 쉬이 무시할 수 없었다.

더욱이 그녀는 제갈세가의 현 가주이자 신안각주인 제갈용연의 딸이기도 했다.

그 지모는 결코 자신의 아버지보다 못하지 않다는 게 중론이었다.

'과연 미친 호랑이가 말을 들을 법도 하군.'

그리고 어째서 천익급 호풍객이 이곳에 있는 것인지에 대한 의문 역시 깨끗하게 해소되었다.

'자신을 대신해서 보낸 거군, 신안각주.'

총단으로부터 이곳 무한까지의 거리는 적어도 말을 타도 며

칠은 걸린다.

하루 종일 각 지부에서 올라오는 오만 가지의 정보를 취합하여 현 무림의 정세를 살피는 신안각주의 임무였다.

그런 막중한 자리를 맡은 이상, 제갈용연이 직접 총단을 벗어나서 움직인다는 건 물리적으로도 어려운 일.

해서 현 시점에서 가장 그가 믿을 수 있고, 또한 지모도 뛰어난 이를 대신 내려보낸 것이리라.

하물며 무려 천익급 호풍객까지 따로 붙여줄 정도라니.

'어지간히도 신임하는 모양이군.'

속으로 그리 생각하면서 이신은 말했다.

"정천무관의 관주이자 유가장의 영호검주를 맡고 있는 이신이오. 만나서 반갑소."

이신의 인사에 제갈수련은 잠시 아무 말도 없이 그를 쳐다봤다.

아무리 이신이라도 그녀 정도의 미녀가 계속 쳐다본다면 적이 부담스러울 수밖에 없었다.

"무슨 할 말이라도?"

이신이 묻자 그제야 제갈수련은 희미한 미소를 머금으면서 말했다.

"아무것도 아니에요. 그저 처음에 팽숙에게 듣던 것과는 좀 많이 다른 인상이라서요."

"······?"

도대체 팽한성이 자신에 대해서 뭐라고 설명했기에 제갈수련이 저런 반응을 보인다는 말인가?

궁금증이 슬쩍 고개를 들었지만, 굳이 입 밖으로 내뱉지 않았다.

그보다도 먼저 물어봐야 할 건 따로 있었다.

"그쪽에서 날 보자고 한 것이오?"

이신의 물음에 제갈수련은 또다시 미소를 머금었다.

"네, 맞아요. 이미 다 알고 계시다니 제 입장에선 편하기 그지없네요."

이에 이신은 별거 아니라는 듯 말했다.

"천하의 맹호대주께서 굳이 번거롭게 이런 일을 벌일 리는 없을 테니까. 차라리 아까처럼 냅다 칼부터 휘두르면 몰라도 말이지."

"끄응!"

그 말에 지금껏 제갈수련의 뒤에서 조용히 시립하고 있던 팽한성의 얼굴이 보기 좋게 일그러졌다.

이에 그가 뭐라고 한마디 하려는데, 제갈수련이 먼저 선수를 쳤다.

"팽숙이 말보다 칼이 먼저 나가는 편이란 것은 저도 어느 정도 동의해요. 그나저나 다시 존대를 하시는 걸 보니 역시 일부러 그러셨던 건가요?"

원래 그녀의 계획은 팽한성을 앞세워 이쪽에서 먼저 기선을 제압한다는 것이었다.

하나 이신은 역으로 팽한성을 도발하여 그가 먼저 손을 쓰게 만들었고, 때문에 제갈수련은 예정보다 일찍 모습을 드러내지 않을 수 없었다.

그 모든 게 이신의 계획이 아니었느냐는 그녀의 물음에 이신은 도리어 웃으면서 말했다.

"이미 다 아는 걸 굳이 더 설명할 필요가 있겠소? 그보다 거두절미하고 어서 본론으로 들어갑시다."

서두는 생략하자는 이신의 말에 제갈수련은 묘한 얼굴로 그를 바라봤다.

"이 대협께서는 저와의 대화가 썩 그리 마음에 들지는 않으신 모양이네요."

보통 그녀 주변의 남성들은 조금이라도 더 그녀와 대화하기를 원한다. 하지만 이신은 달랐다.

그는 딱 필요한 말만 할 뿐, 그녀에게 추파를 던지거나 하지 않았다.

그 사실이 신기하기에 물으니 그는 대수롭지 않다는 듯 말했다.

"마음에 들고 말고 할 게 뭐가 있겠소. 그저 쓸데없이 서두가 길 필요는 없다고 여겼을 뿐이오."

"정말 팽숙이 말한 것과는 완전히 다르신 분이시네요. 듣자하니 어린아이의 입술마저 탐할 만큼 천하의 색……"

"거, 거기까지!"

팽한성이 사색이 된 채 급히 제갈수련의 말을 막았다. 하지만 한껏 일그러진 이신의 표정만 봐도 알 수 있듯이 이미 늦어버린 뒤였다.

'하아……! 설마 그때의 그걸 그렇게 받아들였단 말인가?'

입맞춤을 통해서 환혼빙인으로부터 성화의 기운을 건네받는 과정을 그리 봤다니.

하긴 어찌 보면 오해를 받을 수도 있는 장면이긴 했다.

이신 스스로도 당시에는 꽤나 충격적이라고 여기지 않았던가.

하지만 아무리 그렇다고 해도 색마라니!

기가 차다 못해서 어처구니가 없을 지경이었다.

싸늘한 눈으로 노려보자 팽한성은 연신 헛기침을 해대면서 시선을 피했다.

그러자 제갈수련은 웃으면서 말했다.

"자고로 영웅호색이란 말도 있잖아요? 너무 부끄럽게만 여기지 마세요. 사람의 취향은 다양한 법이니까."

이신의 양 미간이 좁혀졌다.

설마 저걸 진짜 조언이랍시고 하는 것은 아니겠지?

'이 여자도 좀 이상하군.'

이신은 어째 이 자리에 오래 앉아 있는 것이 불편하게 느껴졌다.

그런 그의 생각을 아는지 모르는지 제갈수련은 생긋 웃으면서 말을 이었다.

"그러니까 환혼빙인 건도 굳이 더 이상 언급하지 않겠어요. 그녀가 주인으로 택한 건 이 대협이고, 그걸 중간에서 강탈한다는 건 사실상 불가능하단 것쯤은 저희도 잘 주지하고 있는 사실이니까요."

순간 이신은 기묘하다는 얼굴로 그녀를 바라봤다.

그의 취향에 대한 건은 아무래도 좋았다.

겨우 몇 마디의 말만으로 제갈수련은 환혼빙인 건을 완전히 덮어버리는 것도 모자라서 환혼빙인의 현 소유주가 이신이라는 것까지 공식적으로 인정하고 넘어갔다.

그 정도의 일을 임의로 처리할 만한 권한이 그녀에게 있다는 말인가?

'단순한 신안각주의 대리인이 아니었단 말인가?'

이신의 의문을 눈치챈 듯 팽한성이 말했다.

"련아는 신안각의 부각주다. 아직 누구에게 밝히지 않은 사실이지만, 노부의 명예를 걸고 보장하지."

"아!"

그제야 이신은 이해가 간다는 얼굴로 고개를 끄덕였다.

기실 제갈수련은 말만 신안각주의 대리인이 아니라, 실제로 그만한 신분과 능력을 동시에 갖췄다는 소리다.

팽한성을 뒤에서 움직일 수 있었던 것도 그 때문이었다.

'보기보다 대단한 여인이었군.'

적화선자라는 별호는 그녀가 가진 무위나 타고난 외모 때문에 붙여진 것일 뿐, 실질적인 그녀의 명성까지 반영하고 있지는 않았다.

철저하게 자신에 대해서 드러내지 않았다는 것.

'한데 왜 나한테는 숨기지 않는 거지?'

그 점이 살짝 의문이었지만, 이신은 애써 의문을 뒤로한 채 말했다.

"환혼빙인 건도 아니라면, 도대체 무엇 때문에 나를 보자고 한 것이오? 더욱이……"

이신의 시선이 팽한성에게로 향했다.

"굳이 십대마공을 언급한 이유가 뭔지도 궁금하군."

"……!"

팽한성의 얼굴이 순간 놀라움으로 물들었다. 반면 제갈수련은 그럴 줄 알았다는 얼굴로 고개를 끄덕이며 말했다.

"거기까지 아셨다면, 더 길게 말할 필요는 없겠군요. 그렇다면 단도직입적으로 묻겠어요. 이 대협, 당신은……."

잠시 뜸을 들인 뒤, 제갈수련은 마저 말을 마쳤다.

"흑월인가요?"

第六章
제안(提案)

이신은 순간 자신의 귀를 의심했다.

누가 뭐라고?

아니, 그전에 무림맹에서도 흑월의 존재에 대해서 알고 있었단 말인가?

'하긴 모르는 게 더 이상한 일이긴 하지.'

구대문파조차 자신들의 문파 내에 흐르는 거대한 암류를 눈치채고 따로 대정회라는 조직까지 만든 상황이었다.

신안각이라는 막강한 정보조직까지 따로 두고 있는 무림맹이라면, 그보다 훨씬 오래전부터 흑월에 대해서 눈치채고 본격적인 조사에 들어갔을 가능성이 높았다.

'제법 조사에 진척이 있었나 보군.'

당장 이신만 하더라도 흑월에 대해서 제대로 안 것은 기껏해야 뇌정마도와의 일전 이후였다.

그 전까지 흑월은 철저하게 자신들의 존재를 은닉한 터라 제대로 된 명칭조차 알기 어려웠다.

즉 무림맹 역시 그들의 이름이 뭔지 알 만큼 조사에 어느 정도 진척이 있었다는 소리.

그래도 여기서 흑월에 대해서 섣불리 아는 척하는 건 금물이었다.

오히려 이신은 고개를 갸웃거리면서 말했다.

"글쎄? 흑월이라… 처음 듣는 말이구려."

그의 부정에 제갈수련이 의미심장한 미소를 지으면서 말했다.

"일전에 무당의 운검자 등과 만나셨다지요? 심지어 같이 동행도 하셨다고."

"……!"

이신은 흠칫 놀라면서 제갈수련을 바라봤다.

그와 운검 일행이 함께 했다가 중간에 헤어진 것은 그들끼리만 아는 사실이었다.

한데 어찌 제삼자인 그녀가 알고 있다는 말인가?

그러자 제갈수련은 별거 아니라는 투로 말했다.

"앞서 말했듯이 저희는 환혼빙인 사건 이후로 이 공자님을 어느 누구보다도 예의주시했습니다. 당연히 공자님께서 운검자 일행과 동행했다는 것 역시 파악했지요."

제갈수련의 말이 끝나기 무섭게 이신은 뇌까렸다.

"…그들의 정체를 알고 있는 건가?"

"물론이죠. 애당초 대정회 측이 어디에서 흑월에 대한 정보를 수집한다고 생각하시는 거죠?"

"음! 과연 그렇게 연결되어 있었던 건가."

대정회와 신안각, 설마 둘이 동맹 관계였다니.

전혀 예상치 못한 사실이었다.

그림자 속에 숨어 있던 단무린이 송구스럽다는 투로 말했다.

[저의 불찰입니다.]

[아니, 어쩔 수 없는 일이었다. 신경 쓰지 마.]

단무린이 제아무리 진야환마공을 이용해서 정보를 수집하고 있다지만, 엄연히 그는 혼자였다.

혼자서 모든 것에 대처한다는 건 사실상 불가능한 일이었으니까.

더욱이 신안각과 대정회는 겉으로 드러나지 않은 암중 단체들이니 그들끼리의 야합을 어찌 중간에서 알아차릴 수 있겠는가?

이는 현실적으로 불가능했다.

빠르게 정황을 이해하는 것도 잠시, 이신은 의아한 얼굴로 말했다.

"그렇다면 더더욱 내가 흑월일 리 없다고 생각해야 맞는 것 아니오?"

정말로 대정회와 신안각이 동맹 관계라면, 운검 일행이 어떤 임무를 맡았다가 위기에 처했는지 모를 리 없다.

만약 이신이 흑월과 한편이라면 애당초 운검 일행을 위기에서 구해줄 리도 없지 않은가.

그 점을 지적하자 제갈수련이 말했다.

"물론 그렇습니다. 하지만 어쩌면 교묘한 반간계(反間計)일지도 모른다고 의견도 적지 않은 터라……."

"반간계? 하, 내가 뭣 때문에 귀찮게 반간계까지 써가면서 당신들에게 흑월이 아니라는 확신을 줘야 한단 거요? 아니, 잠깐만. 설마……."

이신은 혹시나 하는 표정으로 제갈수련을 바라보면서 말했다.

"환혼빙인과 내 과거 때문이오?"

"……!"

이번에는 제갈수련이 흠칫 놀랐다.

그녀의 반응을 본 이신의 입꼬리가 절로 비릿하게 올라갔다.

"역시 그랬군."

천사련이 아닌 제삼의 세력에서 만든 것으로 추정되는 환혼빙인의 새로운 주인. 그리고 불명확한 이신의 지난 과거. 그것이 이신이 흑월의 일원이라고 의심받는 주된 이유였다.

"귀령염사, 그자는 어디까지나 눈속임일 뿐, 진짜는 따로 있다고 생각했어요. 그리고……."

"뭣보다 내 과거가 불분명하다는 것도 한몫했겠군."

이신의 맞장구에 제갈수련이 고개를 끄덕였다.

"네, 맞아요. 사실 그게 가장 컸어요."

앞서도 말했듯이 환혼빙인 사건 이후, 신안각에서는 이신에 대해서 철저하게 파헤쳤다.

한데 어찌된 일인지 이신의 지난 십오 년간의 행적이 묘연하기 그지없었다.

정마대전에 참가했다는 말도 있긴 했지만, 정작 동심회의 명부란 명부를 샅샅이 다 뒤져 봐도 이신이란 이름은 찾아볼 수 없었다.

심지어 마교 측에다 심어둔 간자를 통해서도 살펴봤지만, 마찬가지였다.

결국 이신의 과거에 대한 조사 보고서에는,

─십오 년 전, 무한을 떠났다가 다시 돌아오다.

…라는 한 줄이 다였다.

마치 이신이라는 인간 자체가 아예 십오 년 동안 이 중원 땅에서 완전히 사라진 것처럼.

그렇기에 한 가지 사실을 가정해 봤다.

만약 그 사라진 십오 년 동안, 그가 무림을 떠나서 흑월에 투신하여 그들의 일원이 된 거라면?

더욱이 귀령염사 구양중이 그랬던 것처럼 그 역시 십대마공 중 하나를 일신에 익힌 거라면?

얼추 말이 되었다.

아니, 말이 되는 수준을 넘어서 아예 이신을 전담하는 비선조까지 따로 구성되었을 만큼 신안각 내부에서는 꽤나 신빙성 있게 받아들였다.

물론 이신의 입장에선 완전히 제대로 헛다리를 짚은 격이었지만 말이다.

"상당히 재미있는 견해군. 그렇지만 당신네들 신안각의 판단에는 한 가지 중요한 것이 빠져 있소."

"그게 뭐죠?"

제갈수련은 진심으로 궁금하다는 표정으로 물었다.

그러자 이신은 씩 웃으면서 말했다.

"그렇게 해서 내가 얻을 수 있는 이득, 거기에 대한 판단이 빠져 있소."

"예?"

순간 제갈수련은 당황했다.

난데없이 이득이라니.

뒤에서 시립하고 있던 팽한성도 순간 어처구니없다는 표정이었다.

그러거나 말거나 이신은 계속 말을 이어갔다.

"만약 내가 흑월의 간자라고 칩시다. 한데 그럼으로 해서 내가 얻을 수 있는 이득이 무엇이오? 사람이란 응당 저마다의 이득을 위해서 행동하게 마련 아니겠소."

"그건……."

"반대로 흑월에서 나를 간자로 내세웠을 때 얻을 수 있는 이득은 무엇이오? 나 한 명으로 인해서 하나의 대세가 뒤집어질 만큼 내가 그렇게 무림에서 대단한 위치에 있는 것이오? 아니면 막대한 재력이라도 가지고 있는 것이오? 기껏해야 내가 가진 거라곤 무공 하나뿐인데?"

"음……."

조목조목 속사포처럼 이어지는 이신의 물음 앞에 제갈수련과 팽한성은 일순 꿀 먹은 벙어리가 되었다.

이어서 이신이 말했다.

"아니, 그 모든 걸 다 떠나서 마지막으로 딱 하나만 더 물어 보겠소. 고작 한 개인의 무력이나 재력이 그만큼 대세에 영향을 줄 수 있다고 보시오?"

"그건……"

제갈수련이 뭐라고 말을 이으려는 찰나, 그간 입 다물고 있던 팽한성이 불쑥 입을 열었다.

"…그럴 수 없다."

"팽숙!"

"이건 문외한이라도 다 알고 있는 사실이다. 이 무림이 고작 한 개인에 의해서 좌우지되는 일은 결코 있을 수 없다. 아니, 그런 일은 불가능해."

물론 예외인 경우도 있다.

무림맹주나 천사련주 같은 한 거대한 단체의 장이라면 충분히 대세에 영향을 끼칠 수 있다.

하지만 지금 이신이 말하는 것은 그런 대단한 자리에 있는 자가 아닌 일개 한 개인을 뜻하는 것이었다.

실제로 현재 이신의 위치는 딱 그 정도에 불과할 뿐이었다.

그런 의미에서 봤을 때, 이신의 말은 충분히 타당성이 있었다.

뜻밖의 부분에서 팽한성이 자신의 의견에 힘을 실어주자 이신은 꽤나 의외라는 표정을 지었지만, 곧 원래의 신색을 회복하면서 말했다.

"그리고 내 무공의 유래는 유가장의 장녀 유세화 소저에게 물어보면 자세히 알 수 있을 테지만, 실은 검각의 만형검로에서 비롯된 것이오."

"검각!"

"설마 역대 검후들이 익혔다는 그 전설의 만형검로를 말하는 건가!"

제갈수련과 팽한성, 둘 중 누구를 막론하고 화들짝 놀랐다.

검각.

비록 지금은 그 자취를 감추었지만, 그곳은 어지간한 검객이라면 누구나 다 아는 전설적인 문파였다.

거기다 오직 남자들의 전유물이라 생각되었던 천하제일이라는 명호를 유일무이하게 소유한 검후의 문파로도 유명했다.

그 검각의 절학인 만형검로를 익혔다니!

무공에 대한 관심이 높고, 지식 또한 나름대로 해박한 편인 팽한성은 미친 듯이 고개를 끄덕였다.

'그래, 만형검로는 검법이자 하나의 동공! 그것을 익혔다면

충분히 저 나이에도 저만한 무위를 쌓고도 남는다!'

이제야 상식 이상으로 고강한 이신의 무위를 이해할 수 있었다.

흥분한 팽한성과 달리 제갈수련은 한층 신중한 표정으로 물었다.

"만형검로라니……! 실례지만 어디에서 얻은 것인지 가르쳐 주실 수 있으신가요?"

"산중에 죽어가던 어느 노인을 우연히 구해주고 그 보답으로 얻은 것이오."

"허어, 기연을 얻은 게로군."

"그렇습니다. 그 후로 십오 년, 수련을 마치고 세상 밖으로 나와 보니 벌써 그 정도의 시간이 흘렀더군요."

"과연……."

이신의 연이은 설명에 팽한성은 십분 다 이해한다는 표정이었다.

만형검로 정도의 절학을 고작 일이 년 만에 연성한다는 것은 불가능한 소리.

하물며 스승조차 없이 독학으로 익혔다면, 적어도 십 년 이상의 수련이 필요한 건 당연지사였다.

그렇기에 그는 이신의 말을 거진 다 믿는 눈치였지만, 제갈수련은 살짝 반신반의하는 표정이었다.

우연히 기연으로 검각의 만형검로를 손에 넣어서 그걸 익히느라 십오 년간 잠적했다.

뭔가 쉬이 믿기 어려지만, 그렇다고 해서 아예 말이 안 되는 이야기도 아니었다.

천고의 기연에 의해서 삼류무인에서 고수로 탈바꿈한 이들의 이야기는 역대 무림의 역사를 통틀어 봐도 그리 드문 일이 아니었으니까.

더욱이 지금 이신의 표정은 흔히 거짓말을 하는 이들과 달리 당당하면서도 떳떳했다.

단 한 점의 의혹이라도 있다면 그것이 조금이라도 느껴져야 하거늘……

오랫동안 제갈세가의 교육법을 통해서 사람의 심리를 읽는 법에 대해서 공부한 그녀이기에 속으로 적잖은 혼란을 느꼈다.

'내가 너무 과민하게 반응하는 것일까?'

혼란스러워하는 그녀를 보면서 이신은 속으로 회심의 미소를 머금었다.

그녀가 혼란을 느끼는 것도 당연했다.

다소 뻔뻔하긴 했지만, 이신의 말은 완전히 다 거짓말은 아니었다.

실제로 이신과 그의 사부 종리찬의 첫 만남은 어느 산중에서였고, 오랜 떠돌이 생활로 거의 굶어 죽어가던 종리찬에게 주먹밥 하나를 적선하듯 나눠준 게 사제지간을 맺게 된 계기였으니까.

예의 청허심법 건은 그야말로 기적 같은 우연의 일치에 불과할 따름이었다.

그 후 검각의 만형검로를 사사하고, 그것으로 전반적인 무공의 기초를 다졌던 것도 엄연히 사실이었다.

단지 거기에 덧붙여서 배화공까지 익혔다는 사실 하나만 언급하지 않은 것뿐이었다.

실로 교묘한 거짓말이 아닐 수 없었다.

그 사실을 알 턱이 없는 제갈수련은 고민 끝에 나지막한 한숨과 함께 말했다.

"후우, 좋아요. 일단은 이 공자님의 말씀을 믿겠습니다. 딱히 지적할 만한 부분도 없긴 하니까요."

그녀는 아직 이신에 대한 의심을 전부 다 거두진 않았다.

말 그대로 '일단'이었다. 하지만 동시에 그녀는 이신을 당장 손을 잡아도 될 만한 상대로 판단했다.

적어도 그동안 신안각에서 모은 정보를 토대로 한다면 지금 이신은 혼자가 아니라 엄연히 유가장에 메인 몸이었으니까.

즉 그것은 나중에 그에게 딴 마음이 있더라도 충분히 중간에서 그를 억제할 수 있는 수단이 존재한다는 소리였다.

그런 생각을 일절 드러내지 않은 채 제갈수련은 이어서 말했다.

"이 공자님, 이참에 저희와 함께하시는 게 어떤가요?"

"무림맹과 함께? 그건 좀……."

다소 떨떠름한 이신의 반응에 제갈수련은 즉각 정정하면서 말했다.

"아, 굳이 무림맹의 소속이 될 필요까지는 없어요. 그저 흑월에 대한 조사, 그것만 협조해 주시면 돼요."

"흑월에 대한 조사라."

"애당초 유가장이 그 지경이 된 것도 알고 보면 다 흑월에서 꾸민 짓 아닌가요? 하마터면 그들의 음모에 의해서 유가장 측의 장녀 분께서 큰일 날 뻔하기도 하셨고요. 그것만으로도 저희 쪽에 협조할 이유는 충분하다고 생각합니다만?"

"흐음."

이전에도 이와 비슷한 제안을 받은 적 있었다.

아마 대정회가 발족하기 전, 무당의 운검에게서였을 것이다.

그때 이신은 그의 제안을 거절했다.

구대문파의 특유의 텃세도 텃세지만, 굳이 그들과 연관될 필요성을 못 느꼈기 때문이다.

이번 제갈수련의 제안도 마찬가지였다.

다만 다른 게 있다면 제갈수련은 유가장의 복수를 빌미로 자신의 협조를 바란다는 것이었다.

'뻔한 수작이군.'

제갈수련은 은연중에 이신에게 양자택일을 강요하고 있었다.

그가 진정으로 유가장을 위한다면 지금 우리에게 협조해야 한다고.

만약 그렇게 하지 않으면 지금까지 그가 했던 말이나 행동은 모두 자신의 거짓을 숨기기 위한 한낱 가식이나 연극에 불과했다는 식으로 보겠다고.

마음에 들지 않았다.

뭣보다 유가장을 위해서라도 그가 자신의 말을 따라야 한다고 생각하는 그녀의 태도가 가장 마음에 안 들었다.

여차하면 그들을 이용해서 대놓고 자신의 행동에 제약을 걸겠다는 협박 아닌가?

'이래서 머리 쓰는 족속들과 길게 대화하고 싶지 않았는데……'

이런 점에선 마교나 무림맹이나 거기서 거기라는 생각이 들었다.

'어찌 해야 할까?'

원한다면 당장 이 자리를 박차고 나설 수도 있었다. 하지만 제갈수련의 말마따나 유가장의 입장을 생각하면 그래선 안 되었다.

그렇다고 해서 이대로 무작정 제갈수련에게 끌려다니는 것도 그의 성미에 안 맞았다.

잠시 동안 침묵이 장내에 감돌았다.

모두가 이신만을 바라보는 가운데, 그가 문득 침묵을 깨고 말했다.

"협조하는 건 어렵겠소."

"그 말은 즉……."

지금까지 말한 게 다 거짓이었냐고 되물으려는 찰나, 이신이 그녀의 말을 중간에 자르면서 말했다.

"하지만 흑월을 조사하는 데 있어서 유용한 단서를 내줄 수는 있소."

"단서라고요? 그게 무슨……."

그녀의 말이 채 끝나기도 전이었다.

그그그극—!

사방이 막혀 있던 석실 한쪽 벽이 열리더니 한 사람이 안으로 급히 들어왔다.

지부장 문태승이었다.

제갈수련과 팽한성이 의아한 눈길로 바라보는 가운데, 문태승이 서둘러 입을 열었다.

"어서 나와 보십시오, 대주!"

"무슨 일인데 그러는 건가?"

"구, 구양… 구양세가의……!"

문태승은 쉬이 말을 제대로 잇지 못했지만, 팽한성과 제갈수련은 인내심을 가지고 그가 다시금 말을 잇기를 기다렸다.

그러한 가운데, 문태승은 겨우 말을 끝맺었다.

"구, 구양세가의 태상가주가 지, 지금 본 지부의 이, 입구 앞에 쓰, 쓰러져 있습니다."

그의 말이 끝나기 무섭게 팽한성과 제갈수련의 표정이 일변했다.

"구양세가의 태상가주라고? 잠깐, 설마……!"

저도 모르게 벌떡 자리에서 일어나는 팽한성.

"아무래도 직접 나와 보셔야 할 것 같습니다."

굳은 얼굴로 말을 잇는 문태승. 팽한성은 더는 지체하지 않고 서둘러 그와 함께 석실을 빠져나갔다.

졸지에 이신과 단둘이서만 있게 된 제갈수련.

그녀는 좀체 믿기지 않는다는 얼굴로 맞은편의 이신을 바라봤다.

구양세가의 태상가주, 환혼시마 구양명은 그 누구보다도 혹월의 일원으로 의심받는 인물이었다.

기실 운검 일행이 받았던 임무도 그걸 확인하는 게 아니었던가?

한데 그런 그가 난데없이 이곳 무한지부의 입구 앞에 쓰러진 채 발견되었다?

그것도 하필이면 이런 순간에?

"설마 이게 공자님께서 말한 그 단서란 건가요?"

"마음에 들었으면 좋겠구려."

제갈수련의 물음에 이신은 태연하게 답했지만, 그가 벌인 일은 결코 태연하게 바라볼 수 없었다.

'분명 보고에는 격퇴했다고만 했지, 산 채로 붙잡았다는 말은 못 들었는데……!'

대정회의 조직망을 신안각에서 대신하는 마당이니 이미 이신이 환혼시마를 격퇴했다는 정보 자체는 그녀도 잘 알고 있었다.

하지만 설마 그를 격퇴하는 걸 넘어서 아예 사로잡아 둔 상태였다니.

이건 정말 생각지도 못한 변수였다. 그리고 더욱 무시무시한 사실은 따로 있었다.

'도대체 어떻게?'

이신이 지금까지 줄곧 이곳 석실 안에 있었다.

그런데도 불구하고 바깥에서 이 같은 소동이 벌어졌다는 것은, 그에게 남들이 모르는 외부와 연락할 방도가 따로 있거나 아니면 사전에 그와 같은 일을 미리 수하들에게 지시했다고 밖에는 볼 수 없었다.

어느 쪽이든 간에 제갈수련의 입장에선 단순히 무공만 강한 줄 알았던 이신의 존재가 본격적으로 위협적으로 느껴지기 시작했다.

그녀의 표정이 시시각각 바뀌는 것을 보면서 이신은 내심 조소를 머금었다.

사실 이는 그녀를 향한 이신의 경고였다.

행여라도 그녀가 자신을 협박할 목적하에 유가장을 상대로 허튼 짓을 벌이려고 한다면, 그 즉시 그에 버금가는 대가를 치러야 할 것이라고.

더불어 자신에게는 충분히 그럴 만한 능력이 있다고 말이다.

만일 이 자리에 팽한성이 있었다면 어디서 건방진 소리냐고 일갈했을 터이나, 제갈수련의 입장에서는 그와는 조금 다르게 받아들일 수밖에 없었다.

지금 석실 주변에는 호풍객들이 은신하고 있다.

한데도 그들마저 눈치채지 못할 만큼 이신은 은밀하게 외부에 연락을 넣었다.

물론 진실은 자신의 그림자 속에 숨어 있던 단무린에게 간단하게 명령을 내린 것뿐이었지만, 그걸 알 턱이 없는 제갈수련의 입장에선 이신이 가진 의문의 정보망이 두렵기 그지없었다.

그리고 있어서는 안 된 일이지만, 만약 이신의 정보망이 무력까지 겸하고 있을 경우라면 어찌 될까?

영락없이 무력하게 당하고 말 것이다.

설령 그녀가 목숨을 잃지는 않을지언정, 그녀가 몸담은 신안각은 회복하기 어려울 만큼의 큰 피해를 입고 말리라.

오직 그녀만을 믿고 당신을 대신해서 이곳으로 내려 보낸 아버지 제갈용연의 입장을 생각해서라도 그것만은 필히 막아야 했다.

아무튼 이로서 신안각 측에서는 이신에게 마냥 협력하라는 말은 할 수 없게 되었다.

가장 흑월에 가까운 자라고 할 수 있는 환혼시마를 떡하니 내놨으니 어찌 그 이상의 협력을 하라고 그에게 요구할 수 있겠는가?

오히려 이신 쪽에서 무림맹에 협력에 대한 대가를 요구해도 할 말이 없을 지경이었다.

"…원하는 게 무엇인가요?"

제갈수련은 애써 침착하면서 물었다.

칼자루를 쥔 건 이제 그녀가 아닌 이신 쪽이었다.

당연히 조심스러울 수밖에 없었다.

이신은 웃으면서 말했다.

"너무 그렇게 긴장하지 마시오. 딱히 무리한 걸 말하려는 것도 아니니까."

말은 그리 했지만, 정작 제갈수련은 더더욱 긴장하지 않을 수 없었다.

어찌 됐든 뭔가를 요구하긴 하겠다는 소리가 아닌가?

도대체 뭘 요구하려는 걸까?

긴장과 의문 속에서 이신의 음성이 이어졌다.

"판을 하나 짜주시오."

*   *   *

다음 날.

환혼시마가 무림맹 무한지부의 뇌옥에 수감 중이라는 소식이 무한을 넘어서 금세 무림 전역에 알려졌다.

처음에는 모두가 반신반의했다.

환혼시마는 천사련 내부에서도 상당한 권력을 자랑하는 구양세가의 태상가주이자 실권자.

그런 그가 무슨 까닭으로 무림맹에 신병을 구속당한단 말인가?

이 사실을 알게 된 천사련과 구양세가 측에서 즉각 신병의 인도를 요구했으나, 단호하게 거절당했다.

무림맹이 내세운 환혼시마의 죄목은 간단했다.

바로 천사련의 재가없이 불법으로 새로운 환혼빙인을 제련한 것이었다.

이는 구양세가가 혈교의 후예임에도 무림의 일원으로 인정받는 전제 조건을 완전히 부정하는 일이었다.

아니, 그 자체만으로도 가문의 존속 여부가 위험할 수 있었다.

당연히 천사련 측에서도 당장 무한으로 사신을 보내서 진위여부 파악에 나섰고, 강하게 신병의 인도를 요구하던 구양세가의 태도 역시 확 달라졌다.

일단 그들은 태상가주의 신병을 인도받는 것을 포기하는 것도 모자라서 철저하게 이번 일과 구양세가는 아무런 상관없다고 강조하기 시작했다.

어디까지나 모든 일은 환혼시마가 혼자 독단적으로 벌인 일이라고.

가문의 실권자였던 태상가주의 안위보다 가문의 존속을 더 우선시한 것이다.

그러한 가운데, 무림맹 측에서는 본격적인 심문을 위해서 환혼시마의 신병을 무한지부에서 총단 측으로 옮기기로 결정되었다. 물론 정확한 이송 날짜나 시간은 철저하게 비밀로 한 채로.

이에 모든 강호인의 눈이 저절로 한곳에 집중되기 시작했다.

호북의 요충지, 무한으로.

*　　　*　　　*

노을이 짙게 드리운 시각.

무림맹 무한지부 인근의 한 건물의 지붕 위에 세 명의 인영이 노을을 등진 채 조용히 서 있었다.

그들은 바로 이신과 일조장 신수연, 그리고 이조장 소유붕이었다.

가장 오른쪽의 인영, 소유붕이 조용히 입을 열었다.

"과연 넘어올까요?"

그의 질문에 가장 왼쪽에 서 있던 신수연의 시선도 중앙에 서 있는 인영, 이신의 얼굴로 향했다.

이번 일은 이신이 개인적으로 제갈수련에게 제안해서 만들어진 판.

그 판이 커지는 모양새가 사뭇 심상치 않았다.

당연했다.

이번 일에 관한 소식만 하더라도 신안각의 적극적인 협조 아래 중원 전역에 퍼졌다.

그 속도는 가히 마른 들판에 불길이 번지는 기세와 맞먹어서 미처 구양세가와 천사련이 중간에 나서서 여론을 조작하거나 다른 자극적인 소문으로 중인들의 이목을 흐리게 할 틈조차 없었다.

신안각의 진정한 저력을 알 수 있는 순간이었다. 하지만 중요한 건 그게 아니었다.

"놈들이 환혼시마를 포기할지도 모릅니다."

흑월.

그들은 철저히 자신들을 어둠 속에 숨기고, 또 숨겼다.

그런 그들을 찾기 위해서는 일일이 뒤지기보다 차라리 그들이 스스로 바깥으로 나오게끔 하는 수밖에 없었다.

그런 의미에서 봤을 때, 환혼시마는 실로 미끼 역할로 제격이었다.

일반적인 상식으로만 놓고 봐도 자신들의 동료의 목숨을 구하는 게 당연한 일.

더욱이 우호법이란 직위에 있는 간부 환혼시마를 그냥 내버려 둘 가능성은 낮았다.

그러나 만에 하나 모두의 예상과 달리 흑월에서 구양명을 포기하고, 그를 헌신짝처럼 버린다면?

이번 사건은 이렇다 할 성과 없이 흐지부지되어서 끝날 가능성이 높았다.

그래서는 다시 원점으로 되돌아갈 뿐이다. 소유붕 등이 내심 걱정하는 것도 바로 그 부분이었다.

그때 이신은 고개를 내저으며 말했다.

"놈들은 못 버려. 아니, 그냥 버릴 수가 없다는 게 정확하겠지."

"그냥 버릴 수 없다? 설마 그럼? 호오, 과연……."

혼자서 중얼거리던 소유붕의 눈이 일순 기광으로 번뜩였다.

그제야 이신의 의도가 무엇인지 눈치챈 것이다.

신수연도 뭔가 알겠다는 표정으로 나지막하게 중얼거렸다.

"살인멸구."

제아무리 점조직이라지만, 환혼시마는 엄연히 흑월의 간부 중 한 명.

그는 아는 것이 너무나도 많았다. 그대로 버리기엔 위험할 정도로.

그렇기에 직접적이든 간접적이든 간에 그에 대한 처분에 나설 것이 불 보듯 뻔했다. 그리고 그런 신수연의 말이 맞다는 듯,

콰아아아아아앙!

화르르륵—!

난데없는 굉음과 함께 시뻘건 화마의 물결이 무한지부를 뒤
덮기 시작했다.

第七章
격돌(激突)

　화재의 시발점은 장서각이었다.

　비록 지부라고 하지만, 나름대로 장서각에는 시중에선 구하기 어려운 무서들과 서책들이 여럿 구비되어 있었다.

　때문에 뜨거운 열기와 매캐한 연기 속에서도 지부의 무인들은 어떻게든 장서각의 화재를 진압하려고 분주하게 움직였지만 중과부적이었다.

　오히려 그들의 노력이 무색할 만치 화마는 마치 살아 있는 뱀처럼 담을 타고 흘러가더니 건물 곳곳으로 번져 갔고, 이내 사방에서 비명과 악다구니 쓰는 소리가 넘쳐 났다.

가히 인세의 지옥이란 말이 어울리는 광경.

그러한 소란의 틈바구니에서 그림자처럼 유유히 움직이는 자들이 있었다.

전신을 온통 검은 천으로 거의 가리다시피한 그들은 어느 누구의 방해도 없이 똑바로 나아갔다.

그리고 그들이 마침내 뇌옥 앞까지 당도했을 때, 일단의 무리들이 막아섰다.

그중 한 명이 소리쳤다.

"웬 놈들이냐! 이 앞은 관계자 외에는 출입 금……!"

촤악—!

섬뜩한 절삭음과 함께 썩은 짚단처럼 힘없이 쓰러지는 사내.

채 비명조차 내지르지 못한 그의 목덜미에는 커다란 상처 하나가 입을 쩌억— 벌려대고 있었다.

그리고 피투성이가 된 그를 무심한 눈빛으로 내려다보는 흑의인의 손에는 어느덧 한 자루의 유엽도가 들려져 있었다.

사내의 어이없는 최후를 멍하나 바라보는 것도 잠시, 이내 동료들이 분노한 기색이 역력한 얼굴로 일제히 검을 뽑아들었다.

하나, 그전에 먼저 흑의인이 바람처럼 움직였다.

촤좌좌좌좌좌촥—!

사방으로 어지럽게 난무하는 도광의 비!

그 눈부시면서도 살벌한 빛이 잦아드는 것과 동시에 사내들은 검을 뽑던 자세 그대로 쓰러졌다.

실로 일도일살(一刀一殺)의 무시무시한 쾌도였으나, 정작 흑의인은 별다른 감흥이 없는 듯 묵묵히 등 뒤의 칼집에다 유엽도를 수납할 뿐이었다.

그러고는 다른 흑의인들과 함께 뇌옥 안으로 들어서려는 순간, 갑자기 그가 눈을 부릅뜨면서 외쳤다.

"전원 산개(散開)!"

파파팟—!

외침과 동시에 일사불란하게 순식간에 사방으로 흩어지는 나머지 흑의인들.

마치 흑의인의 외침이 지상과제라도 되는 듯 그 움직임에는 한 치의 어긋남도 없었으며, 또한 거기에는 어떠한 주저도 의혹도 존재하지 않았다.

그사이 수납했던 유엽도를 도로 뽑아 든 흑의인은 빠르게 도격을 펼쳤다.

카캉!

하나 앞서 무림맹 무인들을 추풍낙엽처럼 베어 넘겼던 것과 달리 둔탁한 쇳소리와 함께 그의 유엽도가 맥없이 튕겨져 나갔다.

덩달아 뒤로 몇 발자국 물러난 흑의인의 시선이 정면으로 향했다.

그곳에는 은빛 찰갑을 두른 중년인이 하나의 거탑처럼 우뚝 버티고 서 있었다.

바로 맹호대주 팽한성이었다.

그는 애병 맹호보도를 오른쪽 어깨에다 툭 걸친 채로 말했다.

"보아하니 네가 이들을 이끄는 수장이구나. 화재를 이용한 양동 작전이라. 제법 머리를 썼군. 하지만 유감스럽게도 여기까지다."

"으음, 맹호도……!"

흑의인 수장은 저도 모르게 신음을 내뱉듯 읊조렸다.

설마 천하의 맹호대주가 이곳에서 대기하고 있었을 줄이야.

팽한성이 피식 웃으면서 말했다.

"이쪽도 완전 돌대가리만 있는 건 아니라서 말이다. 아무튼 순순히 항복하는 게 좋을 거다. 안 그럼 내 친히 너희들을 도륙해 줄 터이니."

"……"

팽한성의 살 떨리는 경고 앞에 흑의인 수장은 약간 고민에 잠기는 듯하더니 이내 등 뒤의 유엽도로 조용히 손을 가져갔다.

팽한성의 눈이 일순 가늘어졌다.

"굳이 벌주를 택하다니. 배짱 한 번 두둑한 놈이로군. 그럼 어디……"

팽한성은 한쪽 어깨에 걸쳐두고 있던 맹호보도를 양손으로 고쳐 잡았다.

그러자 그 순간, 지금껏 건들거리던 태도는 온데간데없이 진중하면서 묵직한 기세가 삽시간에 장내를 뒤덮기 시작했다.

가까이 있는 흑의인 수장은 물론이거니와 사방으로 흩어졌던 수하 흑의인들마저 순간 움찔할 정도였다.

얼음장처럼 차가운 눈으로 정면을 오시하면서 팽한성은 마저 말을 내뱉었다.

"솜씨가 어떤지 볼까?"

파팟—!

'볼'까지만 말한 상태에서 순식간에 섬전처럼 짓쳐 들어가는 팽한성의 신형!

그리고 그가 말을 다 마쳤을 때, 맹호보도와 흑의인 수장의 유엽도가 격돌했다.

채채채채챙!

누가 먼저 공격하고 방어하는지가 무의미할 만큼 빠르게 오가는 두 사람의 공방!

이미 육안으로 그들의 싸움을 쫓아가기란 거의 불가능할

지경이었다.

그럼에도 몇몇 흑의인들은 기회를 노렸다.

만에 하나라도 싸움 중에 팽한성에게 조금이라도 패색이 엿보이면 그 즉시 가세할 심산이었다.

하나 그들의 계획은 시도조차 하기 전에 물거품으로 돌아갔다.

찰그락! 찰그락―!

사방에서 울려대는 찰갑 특유의 마찰음!

그와 함께 팽한성과 똑같은 은빛 중갑 차림을 한 수십 명의 맹호대가 모습을 드러냈다. 그들이 대놓고 퇴로까지 막아 버리자 일순 흑의인들은 당황하는 눈치였다.

맹호대의 위용이나 용맹함은 이미 전 무림에 정평이 나있었다.

하물며 정마대전이란 초유의 아수라장을 경험한 것은 물론이거니와 팽한성이란 이름난 용장 밑에서 십여 년 간 단련된 그들이었기에 흑의인들로서도 심히 상대하기 껄끄러웠다.

이에 팽한성과 한참 싸우고 있던 흑의인 수장이 버럭 일갈을 내질렀다.

"한심한 놈들! 아직 놈들은 완전히 다 회복되지 않았다! 한낱 허장성세에 불과한 뿐이다!"

그 말에 흑의인들은 얼마 전까지만 해도 맹호대 전원이 침상 위에서 정양 중이었다는 사실을 뒤늦게 떠올렸다.

그러자 맹호대의 무인들 태반의 안색이 별로라는 것부터 시작해서 몇몇의 갑옷 안이 온통 붕대로 감싸져 있다는 것까지 서서히 눈에 들어오기 시작했다.

이에 다시금 사기를 되찾아가는 흑의인들의 모습에 팽한성이 너털웃음을 흘리면서 외쳤다.

"허허허, 글쎄! 허세인지 아닌지는 네 눈으로 직접 확인해 보거라!"

그의 말이 떨어지기 무섭게 맹호대 무인들이 일제히 흑의인들을 덮쳤다.

흑의인들도 가만히 있지 않았다.

순식간에 얽히고 뒤섞이길 반복하는 양 집단.

우렁찬 기합성과 신음소리, 그리고 병장기끼리 부딪치는 소리가 시끄럽게 장내를 뒤덮었다.

어느 쪽도 우세하지도 밀리지도 않는, 실로 막중지세에 가까운 양상.

콰르르릉―!

맹호보도에서 뽑아져 나온 십여 갈래의 벽력 줄기가 단숨에 흑의인 수장을 덮쳤다.

하북팽가가 자랑하는 혼원벽력도의 절초, 굉뢰망천(轟雷忘天)이었다.

이에 흑의인 수장도 질 수 없다는 듯 마주 유엽도를 휘둘렀다.

그러자 순식간에 핏빛의 사이한 광채가 거센 파도처럼 일어났다.

콰과과과쾅! 쿠르르르릉!!

청색과 적색 강기의 정면충돌!

그로 인해서 발생한 무형의 충격파와 경력의 소용돌이가 사방을 덮쳤다.

순식간에 장내가 초토화되었고, 덕분에 맹호대고 흑의인들이고 가릴 것 없이 뒤로 물러나기에 급급했다.

그러는 사이, 팽한성은 슬슬 맹호보도가 평소보다 무겁게 느껴지기 시작했다.

'크윽, 역시 아직까지는 무리인가?'

흑의인 수장에게는 큰소리 떵떵 쳤지만 팽한성의 용태는 완전히 다 회복된 게 아니었다.

그런 와중에 강기마저 뽑아내면서 싸워대고 있으니, 어찌 몸이 남아나겠는가.

그러나 이마에 송골송골 맺힌 식은땀을 닦을 새도 없이 흑의인 수장의 공격이 매섭게 이어졌다.

그 공격을 아슬아슬하게 막으면서 팽한성은 이마를 찌푸렸다.

'이놈, 보자보자 하니 이참에 아예 노부의 목숨을 노리려는 속셈이구나.'

팽한성이 눈을 부릅뜨고 노려보자, 그에 대꾸하듯 복면 뒤에 가려진 흑의인 수장의 입꼬리가 사납게 올라갔다.

화재를 틈타서 뇌옥에 갇혀 있는 환혼시마를 빼돌리려는 당초의 계획은 이미 물 건너간 지 오래였다.

그렇다면 꿩 대신 닭이라고 팽한성의 목숨이라도 취하는 게 그의 조직, 흑월을 위해서도 나을 터.

더욱이 팽한성은 겉으로만 멀쩡할 뿐, 속은 엉망진창이었다.

지금이 절호의 기회였다.

그리 생각하고 공격을 이어가려고 할 때였다.

눈앞의 팽한성에게만 온 신경을 집중하고 있는 흑의인 수장의 등 뒤에서 새하얀 매화 꽃잎 하나가 소리 없이 나타난 것은.

푸욱!

꽃잎은 그대로 흑의인 수장의 등 한가운데에 꽂혔다.

등 뒤에서 느껴지는 화끈한 고통 앞에 뒤늦게 그 사실을 깨달은 그는 실로 믿기지 않다는 눈치였다.

"부, 분명 호, 호신강기를 펼쳤을 텐데……!"

평소보다 주의를 안 살피긴 했지만, 설마 호신강기를 소리 없이 꿰뚫는 암기라니.

뜻밖의 중상이었다.

거기다 설상가상 꽃잎은 점점 본연의 색이 사라지고 붉게 물들기 시작했다.

일순 눈앞의 상이 흔들리듯 어지럽게 보였다가 원래대로 돌아왔다.

급성빈혈에 의한 현기증이었다.

설상가상으로 팽한성이 이때다 하면서 그 틈을 노리고 달려들기 시작했다.

이대로는 싸웠다간 필패였다.

흑의인 수장은 속에서 끓어오르는 분통을 억지로 삼키면서 복면 뒤에 감춰진 입술을 오므렸다.

휘이이이이이―!

그러자 한 차례 휘파람 소리가 장내를 때렸고, 맹호대와 대치 중이던 흑의인 무리는 일제히 후퇴하기 시작했다.

당연히 그걸 가만히 내버려 둘 팽한성과 맹호대가 아니었지만, 곧 자신들의 의사와 상관없이 우뚝 멈춰 설 수밖에 없었다.

수하들과 마찬가지로 휘파람을 불기 무섭게 후퇴하던 흑의인 수장이 냅다 내던진 검은 빛깔의 철구를 보고 나서였다.

화탄이었다.

"이런, 빌어먹……!"

콰광—!

팽한성의 욕지거리가 채 끝나기도 전에 바닥에 닿은 철구가 굉음을 동반하면서 터져 나갔다.

그대로 폭발에 휘말리나 싶은 그때, 화염 대신 희뿌연 연기가 일제히 모두의 눈을 가려 버렸다.

알고 보니 화탄이 아니라 단순한 연막탄이었던 것이다.

뒤늦게 그 사실을 알고 서둘러 연기를 몰아냈지만, 이미 흑의인들의 모습은 보이지 않았다.

그야말로 닭 쫓던 개 신세가 된 팽한성의 옆으로 부대주가 다가왔다.

"어찌 할까요?"

"뭘 어쩌긴 어째! 당장 추적해!"

"충!"

괜히 엉뚱한 곳에 불똥이 튀고 만 격이었지만, 부대주를 비롯한 맹호대 무인들은 군말 없이 추적에 나섰다.

혼자 남은 팽한성은 괜스레 주변을 둘러봤다.

싸움의 여파로 겨우 건물의 모양새만 남았다시피 한 황폐한 주변 정경 앞에 그는 내심 혀를 내둘렀다.

'허, 고작해야 한번 쓰고 버리는 칼잡이 주제에 강기를 구사하는 수준이라니.'

흑월이 보유한 인재들의 평균 수준이 어느 정도인지 단적으로 알 수 있는 순간이었다.

부러우면서도 한편으로 소름이 돋았다.

이 정도 수준의 고수를 고작 암살용으로 쓸 정도라면 도대체 얼마나 많은 고수들이 즐비하단 말인가?

더욱이 이 정도 고수들이 소리 없이 움직인다면, 어지간한 명문세가나 대파라고 할지라도 겨우 하루 만에 멸문할 수도 있었다.

그만한 무력에 심지어 천문학적인 규모의 재력까지 갖추었다니.

앞으로 흑월과의 싸움이 결코 순탄치 않으리란 생각이 절로 들었다.

"너는 어찌 생각하느냐?"

팽한성이 문득 중얼거리듯 말했다.

그러자 아무도 없는 줄 알았던 부서지기 직전의 기둥 뒤에서 백의 여인, 제갈수련이 모습을 드러냈다.

"너무 쉽게 물러갔어요."

"쉽게?"

팽한성은 쉬이 이해가 가지 않는다는 얼굴로 되물었다.

그러자 제갈수련이 말했다.

"비록 중간에 제 적엽비화 때문에 승부가 불리해졌다고는

하나 쉬이 임무를 포기할 정도까지는 아니었어요. 즉 진짜 양동은 장서각 쪽의 화재가 아니라…….'

"방금 전의 습격이 진짜 양동이란 말이렷다?"

"네."

그리고 그녀가 말을 끝나기 무섭게 팽한성은 뇌옥 쪽에서 기척 하나가 소리 없이 조용히 빠져나가는 것을 느꼈다.

실로 은밀한 움직임이었지만, 마음만 먹으면 충분히 따라잡을 수 있었다.

그럼에도 그는 가만히 내버려 뒀다.

사전에 그러기로 미리 약조한 까닭이었다.

그렇게 기척의 주인이 멀리 사라지고 난 다음에야 팽한성은 굳게 다물고 있던 입을 열었다.

"허어! 그것 참, 어처구니가 없군. 정말 그의 말대로 되다니."

열흘 전, 석실에서 나누었던 이신과의 대화.

그중에는 흑월이 틀림없이 이중으로 양동 작전을 펼칠 거라는 의견이 있었다.

그때는 그의 말을 반신반의하면서 들었는데, 설마 현실이 될 줄이야.

"아무래도 그때 그의 제안을 받아들 건 옳은 선택이었던 것 같구나."

"글쎄요. 그건 두고 봐야 알 일이죠."

예측 하나가 맞았다고 전부 다 맞는다고 보는 건 성급했다. 하지만 말만 그렇게 할 뿐, 제갈수련 또한 이후의 상황이 이신의 생각대로 흘러갈 거라는 강한 예감이 들었다.

어디까지나 예감일 뿐이었지만 말이다.

*　　　　*　　　　*

무한 시내로부터 멀리 떨어진 한적한 숲 속의 공터.

그곳에 일단의 사내들이 모여 있었다.

하나같이 검은 천으로 몸을 가린 흑의인들, 그중에는 팽한성과 싸웠던 흑의인 수장이자 이번 작전의 총책임자 허진 역시 포함되어 있었다.

나무 밑동에 걸터 앉아 있던 그는 문득 하늘을 바라보면서 중얼거렸다.

"왔군."

그러자 허진의 앞에 한 흑의인이 날렵한 신법으로 내려섰다.

그는 옆구리에 웬 노인 하나를 끼고 있었는데, 다름 아닌 환혼시마 구양명이었다.

환혼시마를 바닥에 내려놓기 무섭게 허진은 말했다.

"미행은?"

"없었습니다."

수하는 확신하듯 말했다. 애당초 은신술은 물론이거니와 경신술 역시 허진의 수하들 중에서 가장 뛰어난 축에 속하는 그였다. 이번 양동 작전의 한 축을 맡게 된 것도 그래서였다.

더욱이 따라오는 이가 없는지 몇 번이고 재확인하는 것은 물론, 일부러 길을 빙빙 둘러서 왔기 때문에 꼬리가 붙을 가능성은 전무했다.

그러한 수하의 확신에도 불구하고 허진은 완전히 마음을 다 놓지 않는 눈치였다.

'맹호대주와의 싸움 도중에 나한테 암기를 던진 자, 그는 틀림없이 제갈세가의 인물이다. 그렇다면 이번 작전이 마냥 우리 생각대로 돌아가지 않을 터.'

허진은 대기 중이던 수하들을 바라봤다.

"너, 그리고 너. 혹시 모르니 주변을 샅샅이 수색해라. 수상한 자가 있으면 죽여도 좋다."

"충!"

지목된 두 명의 수하는 허진의 명령을 군말 없이 따랐다.

그들이 사라지자마자 허진은 다시금 또 한 사람을 지목하였다.

"이제부터는 그대가 나설 차례로군."

그의 말이 끝나기도 전에 흑의인 중 하나가 기다렸다는 듯 앞으로 나섰다.

유독 남들보다 체격이 작은 그는 일반적인 병장기가 아닌 복숭아나무로 만든 지팡이를 들고 있었다.

그는 지팡이 끝으로 구양명의 머리를 꾹 누르더니 곧 음산하기 그지없는 웃음소리를 터뜨렸다.

"흐흐흐, 천하의 우호법께서 이런 신세라니. 꼴이 말이 아니게 되었구려."

"쓸데없는 소리 그만하고, 어서 확인부터 하시게."

"쩝, 그러지요."

지팡이 흑의인은 사뭇 아쉽다는 기색이 역력했지만, 그렇다고 해서 허진의 명을 거스르지 않았다.

허진은 흑월 내에서도 손에 꼽히는 고수 중 한 명이었으니까.

"그럼 시작할 테니까. 잠시만 뒤로 물러나 계십시오."

그리 말한 흑의인은 곧바로 알 수 없는 주문을 읊조리면서 수인을 맺었다.

그러자 곧 그의 지팡이로부터 검은 안개 같은 것이 부스스 일어났고, 검은 안개 사이로 몇 개인지 셀 수 없을 만큼 많은 눈알들이 하나둘씩 개안하기 시작했다.

뒤로 물러나서 그 광경을 지켜보던 허진은 살짝 눈살을 찌푸렸다.

'언제 봐도 배교의 술법은 요사스럽군.'

흑월은 내부적으로 크게 배교와 혈교 출신으로 나뉜다.

대체로 무력을 담당하는 쪽은 혈교, 그 외에 술법이나 정보망 등을 다루는 쪽은 배교였다.

물론 간혹 양쪽의 영향을 모두 받은 자들도 나오는 추세였지만, 아무튼 둘은 근본적으로 철저하게 서로의 역할을 분담하였다.

절대로 한쪽 세력이 독식할 수 없는 구조.

그렇지 않았다면 흑월이란 조직은 애당초 만들어질 수 없었으리라.

혹자는 무력을 전담하는 혈교 측이 전부 다 차지하는 거 아니냐 하겠지만, 그건 잘못된 생각이다.

암중세력으로서 생존하기 위해서 무엇보다 필요한 것은 정보와 자금이었다.

정보는 상대편의 움직임을 미리 예상할 수 있게 하며, 자금은 숨어 사는 데 있어서 절대적으로 필요했으니까.

아쉽게도 혈교는 힘만 있을 뿐, 그 무엇도 가지고 있지 않았다.

그들은 새외의 침략자, 당연히 기존 중원의 토착세력 가운데서 그들을 지지하는 조력자는 찾아보기 어려웠다.

반면 배교는 힘 외의 모든 걸 가지고 있었다.

그걸 가능케 한 것은 바로 성화의 예지, 그리고 유일무이하게 그것을 다루는 신녀의 존재였다.

예지를 통한 위기에 대한 신속한 대응은 물론이거니와, 상계의 흐름을 미리 읽어내어 어마어마한 흑자를 남기는 거래를 반복하여 쌓은 자금도 충분했다.

거기에 배교가 전면에 내세우는 교의도 한몫했다.

─인간이란 타고난 신분과 상관없이 어느 누구나 평등하며, 운명이란 정해진 것이 아니라 오로지 자기 자신의 의지로서 개척되는 것일 따름이다.

엄연히 천자가 존재하며, 신분의 차이가 당연시되는 현 중원의 체재에서 철저히 벗어난 평등주의와 자유주의를 표방한 배교의 계몽적인 교리는 그야말로 파격 그 자체였다.

사실상 배교가 줄곧 마교 취급을 당하면서 철저하게 배척당한 것도 그러한 교리 탓이 컸다.

하지만 그건 어디까지나 나라의 입장일 뿐, 과중한 세금과 탐관오리들의 횡포 등으로 인해서 늘 고단한 현실을 보내왔던 양민들의 입장에서 그것은 마치 마른하늘의 단비와도 같은 위로와 격려가 되었다.

덕분에 지금까지도 남몰래 믿음을 이어나가고 있는 열렬한 광신도들의 헌신적인 조력으로 말미암아 배교는 지금껏 그 명맥을 꾸준히 이어오고 있었다.

아무튼 그렇기에 지금까지는 배교 측의 세력이 미세하게나마 혈교 측보다 항상 앞서고 있었고, 그걸 이용해서 배교 측은 철저하게 자신들 중심적으로 흑월을 이끌어 왔다.

'하지만 그것도 이제 다 옛말이지.'

이제 정보는 전국에 쫙 깔려 있는 흑점을 통해서 얼마든지 얻을 수 있었으며, 재력 또한 부족할 데 없이 풍족해졌다.

그 말은 즉 더 이상 배교의 눈치를 살필 필요가 없어졌다는 소리였다.

더욱이 혈교를 이끄는 당대의 혈승과 배교의 신녀가 한배에서 난 쌍둥이 남매란 건 누구나 다 아는 비밀 아닌 비밀.

무엇보다도 당대의 혈승은 최초의 혈승을 제외하고 최초로 십대마공을 일신에 모두 섭렵하는 데 성공한 괴물 중의 괴물이었다.

만약 신녀의 간곡한 부탁이 아니었다면 진즉에 흑월은 혈교와 배교로 나뉘지 않은 하나의 완전한 단체로서 발돋움하였으리라.

그리고 또 하나, 혈승이 아직까지 배교의 무리를 가만히 내버려 두는 결정적인 이유가 있었다.

허진은 남몰래 싸늘한 눈으로 배교의 술법사를 바라봤다.

'성화만 아니라면······.'

원래 그는 주술사와 같은 사도의 무리들을 별로 좋아하지 않았다.

천생 무인인 그에게 있어서 신앙의 대상은 오로지 진정한 강자, 즉 혈승 단 한 명뿐이었다.

한데 그런 그에게 거스르려고 하는 존재들이 어찌 마음에 들겠는가?

탐탁지 않게 여기는 게 당연했다.

그럼에도 꾹 참는 건 역시나 성화의 존재 때문이었다.

'앞으로 오 개월, 그 후에는 참지 않아도 된다.'

그리 생각하는 가운데, 주술사가 문득 주문을 멈추었다.

그러자 검은 안개가 거짓말처럼 사그라졌고, 곧 그는 허진에게 말했다.

"확인했습니다."

"어떤가?"

"아무래도 힘들 것 같습니다."

방금 전에 그가 펼친 술법은 환혼시마의 기억을 읽기 위해서 펼친 일종의 섭혼술이었다.

즉 주술사의 말은 환혼시마가 이미 누군가에게 흑월에 대한 것을 털어놨기에 마냥 이대로 그를 살려두기 어렵다는 뜻이었다.

허진은 주저 없이 등 뒤로 손을 가져갔다.

"결국 이리되는군. 잘 가시오, 우호법."

수하들에게 대신 시킬 수도 있지만, 그래도 상대는 엄연히 우호법이었다.

적어도 자신의 손으로 보내주는 게 최소한의 예의였다.

작별의 인사를 마치기 무섭게 칼집에서 유엽도가 뽑혀져 나왔고, 그 길로 바로 한줄기 섬전처럼 환혼시마의 머리를 쪼개 버리려는 순간이었다.

[거기까지.]

어디선가 들려오는 음성과 함께 환혼시마의 그림자가 순간 호수의 표면처럼 일렁였다.

이에 놀랄 틈도 없이 그림자 속에서 웬 거대한 들개의 대가리가 튀어나와서는 그대로 허진을 향해서 아가리를 쩍— 벌렸다.

크아아웅—!

모골이 송연해지는 울부짖음과 함께 날카로운 이빨이 덮쳐옴에도 허진은 침착하게 도격의 궤적을 중간에 뒤바꾸었다.

촤아아악—!

그러자 그의 칼이 들개를 대가리째 베어 넘겼고, 졸지에 두 동강이 나버린 들개의 대가리는 그대로 먼지가 흩어지듯 사라지는가 싶었지만… 착각이었다.

그 사실은 흩어졌던 먼지들이 둘로 합쳐져서 새로운 짐승으로 탈바꿈하는 순간에 명확히 드러났다.

커허어어어엉! 쉬이이이이익―!

범과 구렁이의 울음소리!

하물며 이번에는 허진의 실력을 의식한 듯 그 혼자만을 노리지 않았다.

곳곳에서 들려오는 각종 짐승들의 울음소리로 장내가 떠들썩해졌다.

엎친 데 덮친 격으로 아까와 마찬가지로 베고 또 베어도 짐승들은 결코 사라지지 않았다. 오히려 시간이 지나면 지날수록 그 숫자가 늘어나서 흑의인들만 불리할 따름이었다.

그 와중에 주술사가 비명을 내지르듯 소리쳤다.

"화, 환술! 환술이오! 그것도 아주 고도의 환술!"

그 말을 듣는 순간, 허진을 위시한 모든 흑의인이 경악을 금치 못했다.

'환술이라고? 이게?'

'암만 고도의 환술이라도 무슨 놈의 환술이 이리도 실감난단 말인가?'

흔히 환술은 눈속임이라 여기기 십상이다.

맞는 말이다.

그러나 너무나도 실감나고 현실과 거의 분간이 안 되는 환영은 그 자체만으로 이미 또 하나의 현실이나 다를 바 없었다.

그렇기에 그러한 환영에 당한 자는 실제로 상처를 입고, 또한 심할 경우에는 죽음을 맞이할 수도 있었다.

지금 허진 일행을 위협하는 환술이 딱 그러했다.

'도대체 누가?'

장내의 모든 이들의 의문에 답하듯 환혼시마의 그림자가 분수처럼 솟아오르더니 도로 흩어지지 않고 점점 사람의 형상을 취하기 시작했다.

그리고 곧 그림자는 날카로운 인상의 이십대 초반의 젊은 청년으로 바뀌었다.

무인이라기보다 오히려 문사에 가까운 인상의 그는 다름 아닌 단무린이었다.

그를 보자마자 허진이 눈을 부릅뜨며 말했다.

"네놈 짓이냐?"

"그렇소."

단무린은 의외로 선선히 사실을 인정했다.

그 점이 더 불쾌한 허진이었다.

그래서 그는 더 말을 길게 하지 않고, 그 자리서 바닥을 박찼다.

파팟!

순식간에 좁혀지는 간격!

하나 약 칠 보 정도는 남겨둔 상황에서 거대한 그림자가 그의 앞을 막아섰다.

단무린이 환술로 소환한 늑대였다. 놈의 덩치와 움직임은 아까 전의 들개와는 차원을 달리했다.

늑대가 아니라 숫제 커다란 범에 버금갈 정도였다.

그렇기에 허진 역시 아까와는 달리 특별하게 대해줬다.

좌아아악—!

허진의 유엽도가 붉은 광채로 뒤덮이는 것과 동시에 순식간에 늑대의 머리부터 몸통을 가르고 지나가는 적광!

그 틈에 허진은 삼 보를 더 전진했고, 또다시 단무린은 환술로 뭔가를 소환하려 했다.

허진은 내심 코웃음을 쳤다.

그깟 환술 따위 강기로 베어 넘기면 그만이었다.

그리 생각하고 막 생겨난, 웬 묵빛 장검을 든 흑의 사내의 환영을 향해서 비스듬하게 칼을 휘둘렀다.

하나,

카캉!

환영은 사라지지 않았다.

오히려 허진의 강기를 너무나 쉽게 상쇄하는 것도 모자라서 그를 도로 삼 보 뒤로 물러나게 했다.

좀 전의 충돌로 인한 반탄력에 그만 칼을 놓칠 뻔한 허진은 도저히 믿기지 않는다는 얼굴로 환영을 뚫어지게 노려봤다.

마치 진짜 사람과 일합을 나눈 것 같은 느낌이라니.

더군다나 강기마저 상쇄하다니.

아무리 환술에 문외한인 그일지라도 가능한 일과 아닌 일의 분간은 할 수 있었다.

'이, 이건 환술이 아니다!'

틀림없었다.

눈앞의 환영은 진짜 사람이었다.

그것도 엄청난 고수!

그리고 줄곧 환영인 줄 알았던 흑의 사내, 이신의 영호검이 새하얀 광채로 뒤덮이기 시작했다.

第八章
입검(立劍)

'검강!'

강기 자체는 놀라울 것 없었다. 허진 역시 강기를 쓸 수 있었으니까.

하지만 그는 본능적으로 깨달았다. 이신의 검강은 여타의 강기들과는 질적으로 다르다는 것을.

그 사실은 일순 장내가 백색의 섬광으로 뒤덮이는 순간, 여실히 증명되었다.

콰과과과과광!

굉음과 함께 이신이 서 있는 곳을 중심으로 반경 일 장여가 초토화되었다.

검강, 아니 정확히는 배화공에 의해서 순식간에 배가된 삼 갑자 내력의 위용이었다.

고작 한번 검을 휘두른 것일 뿐인데, 이 정도로 무시무시한 파괴력이라니.

가까스로 검강의 범위에서 벗어났으나, 복면 뒤에 가려진 허진의 낯빛은 딱딱하게 굳어져 있었다.

"…혈영사신."

허진은 단번에 이신의 정체를 꿰뚫어봤다.

이곳 무한에서 이 정도 무위를 지닌 고수는 오직 그밖에 없었으니까.

거기다 그의 손에 든 묵빛 검신의 장검, 영호검은 이미 이신을 상징하는 신물이기도 했다.

'강하다.'

직접 경험한 이신의 한 수에 대한 솔직한 감상이었다.

허진 스스로가 이미 손에 꼽히는 고수인데 그런 그가 강하다고 느낄 정도면 상대의 무위는 중원 전체를 통틀어도 적수가 몇 없는 수위라고 봐야 했다.

실제로 허진은 정확하게 이신이 자신보다 어느 정도나 강한지는 짐작조차 하기 어려웠다.

이런 경험은 살면서 몇 번 안 해봤다.

개중 유독 한 사람의 얼굴이 저도 모르게 뇌리에 떠올랐다.

'닮았다.'

지독시리 오만하면서 여유로운, 그리고 그러한 모습이 너무나 자연스럽게 느껴지던 그의 유일무이한 신앙의 대상, 당대의 혈승과 말이다.

'어쩌면 그분과 필적할 수준일지도 모르… 아니, 그럴 리 없다. 어찌 감히 그분과 어깨를 나란히 할 수 있단 말인가!'

그건 신성모독에 가까운 생각이었다.

제아무리 무의식중에 한 생각이라지만 결코 그 사실을 인정할 수 없었다.

자신의 생각을 애써 부정하듯 고개를 세차게 흔드는 것도 잠시, 허진은 빠르게 유엽도를 휘둘렀다.

촤촤촤촤촤촤촤촤촤악!

순식간에 허공을 수놓는 아홉 개의 붉은 도광!

무림맹 무인들을 순식간에 추풍낙엽처럼 난자하는 것도 모자라서 입신경을 바라보는 팽한성과 대등하게 겨루기까지 했던 예의 쾌도, 구환마도(九煥魔刀)였다.

그리고 이신은 무심한 얼굴로 날아오는 도광을 하나하나 다 받아쳐 냈다.

고작 그뿐이었으면 허진도 계속해서 공격을 이어나갔겠지만, 문제는 이신이 공격을 받아칠 때마다 벌어지는 참상이었다.

"크으으윽!"

"으아아아악!"

어처구니없게도 이신이 쳐낸 허진의 공격은 어느 것 하나 빠짐없이 모두 다 그의 수하들에게 격중되는 것이다!

본의 아니게 제 손으로 수하들을 베어버리고 만 셈이었다.

어찌 이런 말도 안 되는 일이 가능한지 기가 막힐 노릇이었지만, 정작 그보다도 허진을 경악하게 한 것은 분명 자신보다 늦게 검을 휘둘렀음에도 자신의 쾌도를 따라잡는 이신의 놀라운 검술이었다.

흔히 말하는 후발제인(後發制人)의 묘리니 뭐니 하는 것과 달랐다.

그저 이신은 알고 있었다.

허진의 도가 어디에서 어디로 흐르고, 또 어디를 공격하는지를.

그 무형의 흐름을 고스란히 읽어내는 것도 모자라서, 심지어 중간에서 임의로 자신이 원하는 방향으로 아예 비틀어 버리기까지 한 것이다.

그런 신기(神技)에 가까운 짓을 아무렇지 않게 숨 쉬듯 자연스럽게 행했다는 사실이 허진은 놀랍다 못해서 두렵게 느껴졌다.

'저, 정녕 그분과 같은 경지란 말인가?'

그럴 리 없었다.

천하의 그런 괴물이 어찌 하나가 아니라 둘이나 존재할 수 있단 말인가?

그리 말하는 이성과 달리 허진의 직감은 정반대의 목소리를 들려줬다.

서둘러 퇴각해야 한다고.

그리고 어떻게든 주군인 혈승에게 돌아가서 저자에 대해서 강하게 경고해야 한다고 말이다.

안 그럼 기껏 오랜 시간을 들여서 준비해 온 조직의 대계가 하루아침에 허사로 돌아갈 수도 있다는 강한 예감이 그의 뇌리에서 떠날 줄 몰랐다.

이에 수하들에게 막 전음을 보내는 순간, 그것이 졸지에 그의 발목을 붙잡고 말았다.

서걱!

"큭!"

기습적으로 날아온 이신의 검이 그의 왼쪽 어깨를 베고 지나갔다.

만약 허진이 반응하는 게 조금만 늦었어도, 또 한 치만 더 깊게 들어갔어도 왼팔이 잘려 나갔을 만큼 위험천만한 부상이었다.

그 증거로 잠깐 사이에 그의 왼쪽 어깨는 온통 피로 흠뻑

젖어 버렸다.

이에 서둘러 혈도를 눌러서 얼추 지혈을 마쳤을 때, 처음으로 이신이 입을 열었다.

"죽고 싶지 않으면 싸움에 집중해라. 설마 이 정도가 다는 아니겠지?"

"……."

그 말을 듣는 순간, 허진은 깨달았다.

방금 전의 공격. 그것은 허진의 운이 좋아서 치명상을 면한 게 아니라 처음부터 이신이 일부러 빗맞힌 것이라는 사실을.

그리고 그를 통해서 또 하나의 사실을 깨달았다.

이신이 이 싸움을 즐기고 있다는 것을.

달리 말하면 그는 자신을 적이 아니라 가지고 놀기 딱 좋은 정도의 대상으로밖에 안 여긴다는 것을.

'이 나를, 천하의 허진을 가지고 놀았단 말인가!'

흡사 자신의 처지가 마치 거인의 손바닥 위에서 이리 뛰고 저리 뛰길 반복하는 벌레 새끼와 하등 다를 바가 없다는 생각이 들었다.

그러자 순간 걷잡을 수 없는 분노가 치밀어 올랐다.

복면 뒤에 가려진 그의 얼굴은 이미 붉으락푸르락해진 지 오래였지만 꾹 참았다.

강적과의 싸움 도중에 흥분은 금물이라는 건 익히 잘 아는 사실.

또한 그뿐만이 아니었다.

이신은 강하다.

어쩌면 허진이 신앙에 가까운 충심을 바치고 있는 주군 혈승만큼이나.

그런 자라면 자신을 한낱 벌레 취급해도 할 말이 없었다.

어디까지나 이신보다 약한 자기 자신의 무력함이 죄일 따름이었으니까.

그러나 자고로 벌레도 밟으면 꿈틀대게 마련이었다.

'그래, 네놈의 뜻대로 한번 놀아봐 주마. 단, 쉽지는 않을 거다.'

순간 허진의 내부에서 무언가 빠직—하고 깨지는 소리가 들렸다.

그와 함께 검게 물드는 허진의 두 눈!

그것을 신호로 그의 단전에 있던 내력이 폭발적으로 증가하며 동시에 검은 불꽃이 그의 몸을 집어삼키기 시작했다.

　　　　　*　　　　　*　　　　　*

쩌저저정—!

검을 휘두르던 자세 그대로 흑의인은 얼음 동상이 되어버렸다.

비명조차 지르지 못한 그의 최후를 무심한 눈으로 바라보던 신수연이 곧장 옆으로 시선을 옮겼다.

그러자 그곳에는 막 한 흑의인의 심장을 철선으로 꿰뚫고 느긋하게 핏물을 털어내는 소유붕이 서 있었다.

그의 주변에는 철선에 꿰뚫리거나, 아니면 얼음 동상이 된 흑의인들의 시신이 즐비하게 널려져 있었다.

그들은 앞서 허진이 숲 주변을 샅샅이 수색하라고 했던 두 사람을 비롯하여 이신과 허진이 싸우는 틈을 타서 몰래 지원군을 부르려고 빠져나갔던 자들이었다.

신수연과 소유붕, 두 사람이 맡은 임무는 간단했다.

바로 이와 같이 숲에서 빠져나가려는 흑의인을 하나도 남김없이 모조리 붙잡아서 제압하는 것.

물론 그 과정에서 저항하는 자는 죽여도 좋다는 이신의 재가 덕분에 지금까지 살아남은 자는 단 한 명도 없었다.

굳이 그들을 살려둬야 할 이유도 없었지만 말이다.

"이거 참. 예상은 했지만, 죄다 송사리뿐이네요."

절로 맥이 다 빠진다는 소유붕의 말투에, 신수연은 비록 뭐라 말은 안 했지만 묵묵히 고개를 끄덕이는 걸로 그의 뜻에 동조했다.

흑의인들의 실력은 최소 일류에서 절정 수준이었다.

일반 상식에서 놓고 보자면 결코 얕잡아 볼 만큼 약한 자들이 아니었다.

하나 소유붕만 하더라도 이미 초절정을 넘긴 고수였다.

당연히 그들 정도로는 성에 찰 턱이 없었다.

오히려 자신들에게 이런 자잘한(?) 임무를 맡긴 이신에게 살짝 서운한 마음까지 들 정도였다.

그래도 뭔가 깊은 뜻이 있겠거니 하고 꾹 참아 넘길 따름이었다.

그때였다.

"응?"

소유붕이 갑자기 시선을 한쪽으로 돌렸다. 물론 그보다 고수인 신수연은 이미 그가 바라보는 방향 쪽을 줄곧 응시하고 있었다.

"온다."

나지막하게 속삭이는 신수연의 오른손에는 어느덧 투명한 빙검, 한령마검이 들려져 있었다. 소유붕 역시 허리 뒤춤에 쑤셔 넣었던 철선을 다시금 빼어 들었다.

또 다른 흑의인이 튀어나오는 건가 싶기엔 두 사람의 표정이 이제까지와 달리 너무나 진지했다.

진지할 수밖에 없었다.

왜냐하면 지금 두 사람이 바라보는 방향은 여태까지와 달리 숲 안쪽이 아닌 바깥쪽이었으니까.

그리고 이내 두 사람을 긴장케 만든 장본인이 마침내 장내에 당도하였다.

*　　　*　　　*

난데없이 검은 불꽃에 휩싸인 허진을 보면서 이신은 뇌까렸다.

"역시 성화의 기운인가?"

이제는 그에게 너무나도 익숙한 그것.

간만에 마주한 흑월의 고수라서 혹시나 했지만, 역시나 그의 예상에서 빗나가지 않았다.

우우웅─!

동시에 심장 어림의 배화륜이 이신에게만 들리는 은은한 공명음을 자아냈다.

그것은 흡사 어린아이의 칭얼거림과도 같았다.

어서 빨리 저걸 자신에게 달라는, 순수한 탐욕의 울부짖음이었다.

차분히 배화륜을 진정시키면서 이신은 영호검을 고쳐 잡았다.

성화의 기운을 일으켰다는 건 이미 그 자체만으로도 허진의 실력이 아까 전과는 비교를 불허할 정도로 높아졌다는 것을 의미했다.

더욱이 과거 진백 때와 달리 허진은 별다른 광증에도 사로잡히지 않은 상태였다.

통제할 수 없는 힘은 그다지 두려울 게 없다.

거기에는 예외 없이 파탄이 존재하니까.

그러나 반대로 통제되는 힘은 철저히 경계하고 또 경계해야 마땅했다.

설령 이신 자신의 본신 실력보다 다소 떨어지더라도, 충분히 위협은 될 수 있었으니까.

그리고 허진의 경우는 아무리 봐도 후자였다.

그 사실은 곧 증명되었다.

파팟!

땅을 박참과 동시에 허진의 신형이 이신의 시야에서 사라졌다.

이신의 입장에선 처음으로 그의 움직임을 코앞에서 놓치고만 셈이었다.

하나 그의 기감, 그리고 배화륜은 결코 허진을 놓치지 않았다.

이윽고 저 멀리 허공에 떠 있는 허진의 모습이 금방 포착되었다.

'도주하는 건가?'

순간 그리 생각했지만, 이내 착각이라는 것이 밝혀졌다.

허진의 칼이 가리키고 있는 밤하늘.

그 위로 전에는 본 적 없던 검붉은 빛의 구슬이 하나도 아니고 무려 아홉 개가 동시에 떠 있었다.

그리고 그것의 정체가 뭔지 모를 이신이 아니었다.

"도환(刀丸)……!"

단순히 강기를 펼치는 것을 넘어서 그것을 한계까지 응축시켜야지만 펼칠 수 있는 강환(罡丸)의 경지라니!

그와 동시에 아홉 개의 도환이 유성처럼 빠르게 이신의 머리 위로 떨어졌다.

콰과과과과과과광!

거대한 폭음이 귀청을 찢는 순간 방원 칠 장 안이 움푹 주저앉았다.

초목은 흔적도 없이 사라졌고, 순식간에 붉은 기운의 해일이 모든 것을 집어삼켰다.

'끝났다.'

허진은 내심 그리 확신했다.

다른 것도 아니고 무려 도환을 연이어 아홉 개나 퍼부어댔다.

아무리 괴물 같은 자라도 성치 못할 것이다.

그리 생각할 때였다.

성—!

난데없이 시원한 바람 소리가 장내에 울려 퍼졌다.

그리고 모든 것을 집어삼킬 줄 알았던 붉은 해일이 반으로 갈라졌다.

그것도 모자라서 먼지처럼 흩어져 버렸다.

그 사이로 멀쩡한 모습을 드러낸 이신이 문득 혼잣말하듯 말했다.

"입검(立劍)이란 말을 아나?"

검을 세운다.

직역하자면 그런 뜻이었지만, 어기성강의 경지에 이른 초절정의 무인들 사이에서 그 말은 단순히 그러한 의미에서 그치지 않았다.

마음의 검.

오로지 심상에서만 존재하는 그 가상의 검을 얻기 위한 첫 단계를 이르는 말이기도 했다.

그리고 무림에서는 그 경지를 흔히들 이렇게 지칭하였다.

"심검지경(心劍之境)……!"

혹은 무형검(無形劍)이라고.

서걱—!

메마른 절삭음이 허진의 귓가를 파고든 것도 바로 그때였다.

"큭—!"

순간 목덜미가 화끈거렸다. 이에 저도 모르게 신음성을 토해내는 것도 잠시, 곧 온 세상이 뒤집어지는 듯 허진의 시계도 뒤집혔다.

그러자 목 없는 시체가 된 채로 쓰러지는 자신의 모습이 보였다.

'아⋯⋯!'

죽음.

본능적으로 그 사실을 인식하는 순간, 허진의 의식은 자신의 의지와 상관없이 흐릿해졌다.

그렇게 영원할 것 같던 침묵이 쭉 이어지던 중,

쿵—!

머리를 울려대는 충격과 함께 흐려졌던 허진의 의식이 기적적으로 다시금 돌아왔다.

동시에 그는 밭은기침을 토해냈다.

"커억! 컥! 허억, 헉! 뭐, 뭐지?"

분명 나는 죽었는데?

의아해하는 허진은 이윽고 깨달았다.

아직 자신의 목이 온전히 붙어 있고, 뿐만 아니라 지금 자신이 차가운 바닥과 뜨거운 입맞춤을 나누고 있다는 사실을.

'뭐, 뭐가 어떻게 된 일이지?'

왜 자신이 바닥에 쓰러져 있는 건가?

거기다 잠깐 몸 상태를 관조해 봤는데, 몸 상태는 정상이었다.

무인에게 있어서 가장 중요한 혈맥과 단전 역시 멀쩡했다.

하나 불행하게도 단 한 줌의 내력도 그의 의지에 반응하지 않았다.

심지어 몸까지 제 마음대로 움직일 수 없으니 졸지에 줄 끊어진 인형이라도 된 기분이었다.

도대체 자신에게 무슨 일이 일어난 거란 말인가?

알 수 없는 사실에 대한 공포로 굳어버린 그를 이신은 무심한 눈빛으로 내려다보면서 말했다.

"의외로 일찍 정신을 차렸는데? 생각보다 정신력이 강한 편이었군."

"내, 내게 도대체 무슨 짓을 한 것이냐!"

"별거 아냐. 그저 마음의 검을 세워서 휘둘렀을 뿐이지."

"크윽!"

겉으로 봤을 때, 허진의 혈맥이나 근골 등은 다 멀쩡했다.

그럼에도 지금 그가 손가락 하나 꿈쩍할 수 없는 것은 바로 이신의 심검에 의한 죽음의 체험 때문이었다.

비록 육신에는 상처가 없을지언정 그의 정신에는 고스란히 유사체험에 의한 충격이 남아 있었다.

실제로 아주 잠깐에 불과하지만, 허진은 일순 가사 상태에 빠지기도 했었다.

그 틈을 타서 이신의 배화륜이 그의 몸 안에 있던 성화의 기운을 모조리 흡수했지만, 허진은 미처 그 사실을 인식하지 못했다.

워낙에 심검에 당했다는 사실에 대한 놀라움이 컸기 때문이다.

'뭐 그거야 아무래도 좋지.'

당장 중요한 것은 따로 있었으니까.

"환혼시마를 노린 것은 역시 입막음 때문인가?"

"······."

이신의 물음에 허진은 조개처럼 입을 꽉 다물었다.

그는 일평생 혈승을 주군으로 모시고 견마지로를 다하기로 맹세한 자.

어찌 조직의 명령을 함부로 토설할 수 있겠는가.

거기다 이신은 적이었다. 단 하나의 사소한 단서일지라도 절대 그에게 넘길 수 없었다.

그렇게 비장하게 다짐하는 허진의 모습에 이신은 피식 웃었다.

"굳이 말하지 않아도 상관없어. 물어볼 사람은 너 말고도 많으니까."

"뭣……?"

자신이 이신을 붙잡는 사이에 수하들은 필사적으로 도주했다.

이제 장내에 남은 사람은 이신과 허진, 둘뿐이었다.

한데 누구에게 또 묻는단 말인가?

스르르―

그에 대한 대답을 대신하듯 이신 발아래의 그림자가 돌연 일렁이더니, 예의 무시무시한 환술을 구사했던 청년, 단무린이 모습을 드러냈다.

그리고 이전과 달리 그는 혼자가 아니었다.

"읍! 읍!"

거무튀튀한 쇠사슬에 칭칭 감긴 배교의 주술사가 살려달라는 듯 필사적으로 온몸을 버둥거렸다.

그 모습을 본 허진은 저도 모르게 무거운 한숨을 내뱉었다.

'하아! 하필이면 저자가……'

자신과 같은 혈교의 무인이라면 저렇게 잡히기 전에 먼저 자진부터 했을 것이고, 설령 잡히더라도 절대 입을 열지 않을 것이다.

그것이 무인으로서 당연하고 떳떳한 대응이었다.

하나 배교의 주술사는 달랐다.

뭣보다도 그는 허진과 같은 무인이 아니었기에 살기 위해서 어떤 짓이라도 할 수 있을 터였다.

더욱이 저항할 수 없는 환혼시마를 상대로 그의 머리를 지팡이로 마구 짓누르던 그의 인성을 고려하면 이미 답은 나온 거나 마찬가지였다.

차마 살아서 그 꼴을 보기는 싫어서일까?

허진은 두 눈을 질끈 감으면서 말했다.

"…죽여라."

의외의 대답에 이신은 새삼스럽다는 표정으로 그를 바라봤다.

설마 살기보다 죽는 걸 택하다니.

그 굳은 신념 하나는 높이 평가할 만했지만 그게 다였다.

앞서 스스로의 말마따나 물어볼 사람은 그 혼자가 아니었으니까.

이신은 일말의 망설임 없이 곧바로 영호검을 휘둘렀다.

서걱―! 툭!!

허진의 머리가 데구르르 구르는 것을 본 배교 주술사의 눈이 찢어질 듯 커졌다.

'허, 허진 정도의 고수를 저리 쉬이 죽이다닛!'

그리고 직감적으로 다음 차례가 자신이라는 것을 깨달은

배교 주술사의 몸이 겨울철 사시나무가 떨 듯 파르르 떨리기 시작했다.

진실을 말해야 하는 것에 대한 고민?

아니었다. 그보다는 어찌 말해야 자신이 살아남을 확률이 더 높은 지에 대한 고민에 가까웠다.

허진과 달리 그에게는 그깟 도움 하나 안 되는 충성심 따위보다 자신의 안위가 더 중요했으니까.

이를 본 단무린은 따로 이신의 지시가 없었음에도 눈치껏 슬그머니 그의 아혈을 풀어줬다. 그러자 금세 그 사실을 깨달은 주술사가 얼른 입을 열었다.

"마, 말하겠소! 전부 다 말하리라! 그러니까 제발 목숨만은……!"

죽기 전에 허진이 그토록 염려하고 염려했던 일이 고스란히 일어났다.

그의 치졸한 목숨 구걸에 이신은 살짝 눈살을 찌푸렸지만, 모처럼 흑월의 정보를 얻을 수 있는 이 절호의 기회를 놓칠 수는 없었다.

물론 평소라면 이럴 필요도 없었다.

그냥 단무린이 진야환마공으로 기억을 읽으면 그만이었으니까.

하나 썩어도 준치랄까.

배교 주술사는 익히고 있는 주술의 힘 때문인지 임의로 기억을 읽는 게 불가능했기에 번거롭지만 이렇게 직접 묻지 않으면 안 되었다.

이신은 일부러 냉막한 표정을 지으면서 말했다.

"그건 지금부터 네가 어떤 정보를 주느냐에 따라서 다르겠지."

비록 제한적인 조건이긴 했으나, 그래도 간신히 살 방도가 생겼다는 사실 앞에 배교 주술사의 얼굴이 절로 환해졌다.

이윽고 그가 딱히 누가 시키지 않았음에도 알아서 막 입을 열려는 순간이었다.

우드드득―!

기분 나쁜 골절음과 함께 주술사의 목이 비정상적으로 한 바퀴 돌았다.

순간 이신과 단무린의 눈이 커졌다.

딱히 누군가가 손을 쓴 게 아니었다. 어처구니없게도 배교 주술사 스스로 자진한 것이었다.

그토록 누구보다도 살기를 간절히 바랬던 그가 스스로 목숨을 끊는다?

이건 누구 봐도 이상한 일이었다.

단무린이 나지막한 신음과 함께 속삭였다.

"으음, 금제인가……!"

특정 단어를 입에 담거나 그러려고 하는 순간에 발동하는 종류의 금제. 그거 외에는 달리 생각할 수 없었다.

아마도 주술사 본인조차 미처 모르고 있던 금제였으리라.

만약 알고 있었다면 금제 때문에라도 결코 입을 열려고 하지 않았을 테니까.

그리고 미처 눈치채지 못했지만, 아까 전 단무린이 진야환 마공으로 그의 기억을 읽을 수 없었던 것도 바로 이 금제 때문이었다.

여하간 참으로 불우한 운명이 아닐 수 없었다.

한편 이신 입장에서 보자면 다 잡은 고기를 놓친 꼴이라서 내심 허탈함을 감출 길이 없었다.

"어쩌죠?"

단무린의 물음에 이신은 침묵했다.

달리 그러고 해서 뾰족한 수가 있을 리 만무하였다.

그나마 건진 게 있다면, 성화의 기운을 흡수해서 배화공의 성취가 더 높아졌다는 정도?

혹시나 하고 죽은 두 사람의 몸을 수색해 봤지만, 딱히 신분이나 조직을 추정할 만한 증표는 찾을 수 없었다.

결과적으로 환혼시마를 미끼 삼아 흑월의 또 다른 거물을 낚거나 혹은 그에 준하는 정보를 얻겠다던 계획은 수포로 돌아가고 말았다.

그 사실에 다소 입맛은 썼지만, 이신은 하는 수 없다는 듯 말했다.

"…그만 돌아가자."

작전이 끝난 이상, 원래 예정대로 환혼시마는 무림맹 총단으로 이송해야 옳았다. 다소 아쉽긴 했지만 그렇다고 해서 완전히 실망하지도 않았다.

기회는 이번 한 번뿐만이 아니었다.

아직까지 환혼시마의 효용 가치는 충분하였고, 또 한 번 그를 미끼 삼아 흑월을 불러들일 수도 있었다.

한 번에 성공하는 사냥도 있지만, 때론 인내심을 발휘해서 기다려야 하는 사냥도 있으니까……

그렇게 생각하면서 환혼시마를 등에다 들쳐 업고 막 이동하려던 순간, 이신이 갑자기 우뚝 멈춰 섰다.

의아한 시선으로 그를 바라보던 단무린도 뒤늦게 표정이 굳어졌다.

'이건?'

익숙한 기척 두 개가 빠른 속도로 이쪽으로 향해왔다.

그리고 그와 동시에 그 뒤를 낯익은, 그러나 앞서 두 개의 기척을 합한 것보다 훨씬 더 거대한 존재감을 자랑하는 기척 하나가 천천히 따라오고 있었다.

'뭐지, 이 기도는?'

단무린은 순간 저도 모르게 이신을 바라봤다.

이신은 어느덧 환혼시마를 도로 내려놓은 채 영호검을 꼬나쥐고 있었다. 그의 얼굴에서 초조함이나 불안함 따위는 전혀 엿보이지 않았다.

오히려 그는 약간 흥분하고 있었다.

그 흥분의 정체는 다름 아닌 강자에 대한 호승심이었다.

이신이 호승심을 느낄 정도의 강자?

쉬이 상상도 되지 않았다.

그런 와중에 장내에 두 명의 인영이 동시에 당도했다.

"헉헉! 주군!"

가장 먼저 도착한 것은 소유붕이었다.

평소 언제라도 풍류남아로서의 기품을 잃지 않고자 노력하던 그이거늘, 지금의 그는 단정하던 머리는 온통 산발하고 고급스러운 비단옷은 여기저기 찢겨져 나간 것도 모자라서 외상도 적잖이 입은 것으로 보였다.

하나 뒤이어 도착한 신수연의 상태에 비하면 그건 아무것도 아니었다.

외상 자체는 되려 소유붕보다 적은 편이었지만, 대신 그녀의 안색은 몹시 창백하기 이를 데 없었다.

더욱이 원래라면 어엿한 장검 크기였어야 할 한령마검이 일개 소검만도 못한 정도로 줄어든 것만 봐도, 지금 신수연의 내력 수발이 평소보다 훨씬 못하다는 걸 바로 알 수 있었다.

소유붕이 면목 없다는 표정으로 말했다.

"누이께서 저를 구하느라고 그만……."

"됐어. 중요한 건 그게 아니야."

신수연이 그의 말을 중간에 자르면서 이신을 바라봤다.

"강한 상대야, 주군."

그녀의 말에 이신은 군말 없이 바로 고개를 끄덕였다.

천하의 빙마검후 신수연이 고전한 상대다.

결코 약할 리가 없다.

그렇기에 이신은 더욱 내심 기대가 되었다.

성화의 기운이니 뭐니에 의지하지 않고, 오로지 본신의 실력만으로 그에게 육박하는 고수!

오랜만에 그런 고수와 전력을 다해서 싸울 수 있다는 사실 앞에 이신의 뇌리에서는 이미 작전 실패에 대한 씁쓸함 따위 잊힌 지 오래였다.

'온다.'

그의 시선이 정면으로 향했다.

그 순간,

카앙―!

쇠와 쇠가 부딪치는 소리가 날카롭게 장내에 울렸다.

그와 동시에 이신이 서 있는 곳을 중심으로 반경 삼 장이 움푹 내려앉았다. 그로 인한 충격으로 이신의 두 발은 이미 발목까지 땅속에 뿌리박힌 지 오래였다.

이신은 간만에 살짝 진탕되는 내부를 진정시키면서 앞을 바라봤다.

그곳에는 하나의 거탑과도 같은 근육질 몸을 자랑하는 백의 중년인이 서 있었는데, 놀랍게도 그는 이전에 혈승과 함께 나타났던 좌호법이란 자였다.

하나 그 사실을 모름에도 이신은 의외로 그가 누구인지 알 것 같았다. 바로 그의 커다란 두 주먹을 감싸고 있는 녹색의 권갑 때문이었다.

풍혼갑(風魂甲).

바람의 혼을 담았다는 뜻의 그 귀물의 주인은 이전부터 오직 단 한 명뿐이었다.

"권마(拳魔) 원웅패."

바로 녹림의 전대 총표파자였다.

"역시 네놈이었구나. 하마터면 또다시 대계를 그르칠 뻔했어."

좌호법, 원웅패는 이신을 노려보면서 빠드득 이를 갈았다.

목이 돌아간 배교 주술사의 시체는 둘째 치더라도, 바닥에 아무렇게나 나뒹구는 허진의 머리를 보는 순간 하마터면 이성을 잃을 뻔했다.

잔월도(殘月刀) 허진.

그는 원웅패가 특별히 아끼는 수족 중 하나였다.

장래를 기대했던 터라 이번 임무도 믿고 맡겼던 것이다.

한데 그 믿음의 결과가 그의 죽음이라니.

혹시나 해서 와본 게 정답이었다.

아니, 지난날 혈승이 슬쩍 지나가듯이 운을 띄운 것을 흘려 듣지 않은 게 천만다행이었다는 게 옳을 것이다.

"이거 대놓고 우릴 유인해서 사냥하겠다는 거군. 참으로 재미 있는 녀석이야."

흑월을 사냥할 능력을 가졌고, 또한 혈승이 흥미롭게 여기 는 자는 생각 외로 그리 많지 않았다.

더욱이 최근 들어서 흑월에 치명적인 타격을 입힌 자들 가 운데서는 단 한 명밖에 없었다.

"혈영사신!"

원웅패의 눈이 사납게 번뜩였다.

그와 동시에 그가 입은 백의 무복의 자락이 미친 듯이 펄럭 였고, 이윽고 내부에 갈무리되어 있던 그의 기도가 일시에 폭 발하듯 발출되어서 장내를 가득 채웠다.

"크윽, 망할 노인네가⋯⋯!"

"으음!"

그 기도의 폭풍에 노출되고 만 신수연과 소유봉의 안색이 살짝 하얗게 질렸다.

평소라면 원웅패의 기도에 순응하거나 아니면 옆으로 흘려 넘겼을 터인데, 예의 내상이 그들의 발목을 잡았다.

이에 이신은 아무 말 없이 두 사람의 전면에 쓱 나서더니 영호검을 수직으로 들었다.

그러자 날아오던 원웅패의 기도가 영호검을 기점으로 좌우로 쫙 갈라졌다.

덕분에 곧 두 사람의 표정이 한결 편안해졌지만, 유독 신수연의 표정은 어두웠다. 심지어 그녀는 말없이 피가 날 만큼 아랫입술을 세게 악물었다.

언제나 그와 대등하게 어깨를 나란히 하고, 또한 일종의 버팀목 역할도 하고 싶던 그녀였다.

마교를 나와서 이신의 옆에 남은 것도 그 때문이었다.

한데 의지가 되기는커녕 도리어 그의 짐으로 전락하고 말다니.

당연히 그녀의 입장에선 그의 도움이 마냥 고맙게 느껴지기보다는 이런 상황을 초래하고 만 스스로의 무력함이 분하고 수치스러울 따름이었다.

그런 그녀의 마음을 잘 알기에 이신은 애써 모른 척하면서 정면을 바라봤다.

기도를 발출하고 나서 당장에라도 주먹을 휘두를 것 같은 원웅패는 의외로 바로 달려들지 않았다.

좀 전의 일격을 수월하게 막아내 이신의 실력을 보고 경계하는 것이다.

그런 그를 보면서 이신은 조용히 뇌까렸다.

"마도와는 다르군."

뜬금없는 그의 말에 원웅패가 움찔했다.

"뭐?"

"당신과 마도가 다르다고 했다."

같은 전대의 고수임에도 뇌정마도 마운기와 그는 달랐다.

실력도 실력이지만, 뭣보다 마운기의 경우에는 스스로의 의지보다는 힘에 대한 욕구와 상황에 의해서 어쩔 수 없이 흑월에 협조한 쪽에 가까웠다.

실제로 유세화를 납치했을 때도 꽤나 소극적으로 행동했던 그가 아니던가.

하나 원웅패는 달랐다. 그는 자신이 흑월의 일원임을 당당하게 드러내고 있었다. 타의에 의해서 흑월과 손을 잡은 게 아니란 뜻이다.

이상했다.

과거 현역으로 무림에서 활동하고 있을 당시, 권마라는 그의 별호 앞에 언제나 패도(覇道)니 광풍(狂風)이니 같은 호전적인 수식어가 대놓고 붙을 만큼 원웅패는 실로 안하무인적인 인물이었다.

한데 그런 자가 자진해서 누군가의 아래에 있다고?

그것도 일개 문파도 아니고, 무려 녹림이라는 거대한 세력을 손아귀에 쥐었던 자가?

만약 정말로 그게 가능하다면, 이유는 단 한 가지뿐이리라.

사고를 모두 마친 이신이 스산한 눈빛으로 원웅패를 바라봤다.

"당신, 처음부터 그쪽 사람이었나?"

말만 질문일 뿐, 이신은 십분 확신하는 말투였다. 이에 원웅패는 대답 대신 싸늘한 미소를 머금었다.

그걸로 충분한 대답이 되었다.

덕분에 이신은 또 하나의 사실을 깨닫게 되었다.

'녹림은 이미 흑월의 손아귀에 들어간 거나 마찬가지라고 봐야겠군.'

유용한 정보였다.

동시에 흑월에 대해서 모호하던 것들이 하나둘씩 그 윤곽을 드러내는 것을 느꼈다.

하지만 더는 한가로이 사고를 이어나갈 수 없었다.

장내가 돌연 잠잠해졌다.

원웅패가 발출했던 기도를 도로 거둬들인 것이다.

하지만 그것은 폭풍전야(暴風前夜)라는 말이 저절로 떠오르는 다소 꺼림칙한 고요함이었다.

그리고 그런 예감을 반증하듯 원웅패가 한 번 뒤로 주먹을 당겼다가 내지르는 순간, 대기가 터져 나갔다.

쿠와아아아앙―!

대기가 터져 나가면서 생겨난 폭음과 함께 무형의 압력이 삽시간에 이신 일행을 덮쳐 왔다. 하나 진정 무서운 것은 무형의 압력이 아니라 그 뒤에 날아오는 주먹 모양의 녹옥빛 강기였다.

심지어 권강은 하나가 아니었다.

쉴 새 없이 쏟아지는 권강의 비는 당장이라도 이신 일행을 묵사발로 만들 것 같았다.

권마 원웅패의 성명절기, 농풍십팔권(弄風十八拳)이었다.

압도적이다 못해서 전율까지 느껴지는 광경 앞에서 모두가 굳어버린 것과 달리 이신은 들고 있던 영호검을 세차게 휘둘렀다.

촤아아아아아악―!

비단천이 찢어지는 듯한 음향과 함께 대기가 일자로 갈라졌다.

당장이라도 모든 걸 박살 낼 것 같았던 녹옥빛 권강의 비는 아예 흔적도 없이 사라졌다.

심형살검식의 제일초, 일섬(一閃)을 펼친 결과였다.

하나 갈라진 틈 사이로 원웅패의 모습은 보이지 않았다.

이신은 사방을 두리번거리는 대신 바로 위의 허공을 향해서 곧장 영호검을 휘둘렀다.

일순 사위가 백색으로 물드는가 싶을 때, 돌연 그 틈새로 녹옥빛 광채가 튀어나왔다.

콰과과과광—!

놀랍게도 녹옥빛 광채는 순식간에 이신의 검강을 파훼해 버렸다.

뿐만 아니라 영호검의 거무튀튀한 검신을 타고 오르더니만 거대한 구렁이가 입을 벌리듯 단숨에 이신을 집어삼키려고 들었다.

"주군!"

"형님!"

단무린과 소유붕이 놀라서 일시에 경호성을 터뜨렸다. 하나 신수연은 묵묵히 지켜만 볼 뿐이었다.

두 사람은 몰라도 그녀는 은연중에 느끼고 있었다.

방금 전, 이신의 공격은 아직 완전히 다 끝나지 않았다는 것을.

그 사실은 이신이 문득 영호검을 쥔 오른손의 손목을 거꾸로 비트는 순간 입증되었다.

쿠아아아앙—!

일순 공간이 통째로 뒤틀렸다.

그 안에 있던 녹옥빛 기운도 따라서 새끼줄처럼 뒤틀리더니 결국에는 소멸하였다.

뒤에서 다른 공격을 준비 중이던 원웅패가 그 광경을 보고두 눈이 휘둥그레졌다.

"이런!"

설마 무형의 검강으로 공간을 비틀어 버리다니.

도대체 얼마의 내력을 실려져 있어야 그런 일이 가능하단 말인가!

서둘러 움직여서 피하려고 했지만, 무형의 검강은 생각 이상으로 집요했다.

콰과과과광!

끝내 원웅패 역시 공간의 뒤틀림에 휩쓸려 버리고 말았다.

지축이 뒤흔들리는 폭음과 함께 반경 십여 장 안의 초목은전부 온데간데없이 사라졌다. 두꺼운 땅거죽은 수차례 뒤집혀서 본래의 모습은 아예 찾아볼 수 없었다.

이제 눈에 보이는 것이라곤 여기저기 푹 꺼진 땅과 뿌연 흙먼지뿐.

무시무시한 검강의 위력이었다.

그렇게 아무것도 남아 있지 않을 거란 좌중의 예상과 달리채 완전히 가라앉지 않은 흙먼지 사이로 낯익은 인영이 희끄 무례하게 보이기 시작했다.

단무린 등의 눈이 일순 부릅떠졌다.

'설마?'

이윽고 흙먼지가 좌우로 쫙 갈라지면서 신형을 드러낸 원웅패가 순식간에 이신과의 간격을 좁혔다.

그와 동시에 그의 왼손이 바람처럼 빠르게 움직였다.

만약 그대로 놔뒀다간 이신의 쇄골이 박살 날 게 불 보듯 뻔한 상황.

그러자 이신은 무리하게 검을 휘두르는 대신, 남아 있는 왼손을 마주 휘둘렀다.

쩌정—!

원웅패의 주먹과 이신의 육장이 부딪치는 순간, 두 사람은 튕겨나가듯 뒷걸음질 쳤다. 각자의 공격에 실린 내력을 해소하기 위해서였다.

쿵쿵 하는 소리와 함께 원웅패는 다섯 걸음, 이신은 일곱 걸음 만에 멈춰 섰다.

결과적으로 원웅패가 미약하게나마 조금 앞섰지만, 그의 표정은 썩 그리 좋지 않았다.

원래 그가 생각한 이신과 자신의 차이는 못해도 서너 배였다.

그러니 못해도 이신은 최소 스무 걸음 가까이는 뒤로 물러났어야 마땅했다.

한데 자신과 불과 두 걸음밖에 차이가 안 나다니!

거기다 조금 전의 격돌에서 원웅패는 자신의 몸 안으로 흘러들어오는 무형의 암경에 깜짝 놀랐다. 창졸지간에 펼쳐진 팔열수라수의 절초, 중합격이었다.

만약 눈치채지 못했다면, 암경은 그 즉시 그의 내부를 진탕시키는 것도 모자라서 오장육부와 혈맥까지 완전 불태워 버렸으리라.

'무서운 녀석!'

허진이 당한 게 자연스레 이해가 되었다.

이 정도 실력의 상대라면 허진 따위는 십초지적도 될 수 없었다.

설령 성화의 기운이 있었다고 해도 역부족이었으리라.

무거운 한숨과 함께 원웅패는 말했다.

"후우! 아무래도 피차 어설픈 탐색전은 이쯤에서 끝내야겠구나."

"탐색전?!"

"지금까지가?"

단무린과 소유붕의 입이 쩍 벌어졌다.

지금까지의 싸움만 해도 엄청난 수준인데, 그게 한낱 탐색전에 지나지 않았다니.

일순 허풍인가 싶었지만, 원웅패의 얼굴은 한없이 진지하기만 할 따름이었다.

마주보는 이신의 얼굴에서도 전혀 웃음기를 찾아볼 수 없었다.

그런 두 사람의 모습에 소유봉과 단무린은 너 나 할 것 없이 혀를 내둘렀다.

'허어, 정말로 탐색전이었다니. 어째 마교에 있을 때보다 주군의 무공이 훨씬 더 강해진 것 같구나.'

'과연 형님이야!'

소유봉과 단무린은 앞서 보여준 원웅패의 가공할 무위보다 그와 대등하게 싸우는 이신의 무위에 더욱 탄복했다.

그럴 수밖에 없었다.

과거 이신이 백염도제와 흑마신과 동수를 이룰 때도 이 정도까지는 아니었으니까.

당시 이신의 배화공은 기껏해야 칠류의 경지.

그것도 완전한 칠류가 아니었다.

그러다 보니 순간적으로 배가할 수 있는 내력이 이론상으로는 일곱 배라고 한들, 장시간 유지할 수 없어 평균적으로 따지자면 고작 여섯 배의 내력을 배가시키는 선에서 그칠 따름이었다.

한데 지금의 그는 그토록 넘고자 했던 팔류의 경지에 이르렀다.

덕분에 순간적으로 배가할 수 있는 내력의 양도 여덟 배로 늘어나는 것은 물론이거니와 배화륜을 개방할 수 있는 시간이 비약적으로 늘어났다.

전부 흑월과의 싸움 도중에 흡수한 성화의 기운 덕분이었다.

그 사실을 모르는 원웅패의 눈에는 그저 이신이 상식을 초월하는 괴물로 보일 뿐이었다.

'길게 끌어봐야 좋을 게 없다.'

말이 탐색전일 뿐, 원웅패는 이미 본신 내력을 칠 할가량이나 사용한 상태였다.

체력 싸움으로 간다 쳐도 아직 한창 젊은 나이엔 이신에 비해서 불리했다.

고로 이제는 승부를 봐야 할 때였다.

"하아아아!"

기합성과 함께 원웅패의 두 눈이 짙은 녹광으로 물들었다.

동시에 녹옥빛 광채가 그의 전신에서 일어나더니 거짓말처럼 그의 오른쪽 주먹에 집중되기 시작했다.

강기를 넘은 강환으로의 변환. 하지만 고작 그것만으로는 이신을 쓰러뜨릴 결정타가 되기 어려웠다.

이신은 이미 앞서 허진의 강환을 파훼한 것도 모자라서 심검지경의 일검을 선보인 바 있었으니까.

그에 걸맞은 한 방이 필요했다. 그리고 다행스럽게도 원웅패에게는 바로 그 한 방이 있었다.

원웅패는 천천히 주먹을 뒤로 당기면서 말했다.

"처음이자 마지막으로 경고한다, 혈영사신. 죽고 싶지 않으면… 어디 한 번 피해봐라."

말을 끝나기 무섭게 원웅패의 입가에 사나운 미소가 지어졌다.

이윽고 그가 당겼던 주먹을 내지르는 순간, 장내의 공기가 멈추었다.

소리가 사라졌다.

대신 거대한 주먹의 환영이 느릿느릿하게 허공을 가르면서 날아왔다.

그 순간, 이신은 깨달았다.

지금 이 순간 세상 모든 것이 일시적으로 정지했음을.

움직이는 것은 오로지 딱 하나, 원웅패가 날린 거대한 주먹의 환영뿐이었다.

이에 그는 직감했다.

이것이야말로 원웅패가 준비한 비장의 한 방.

'심… 권(心拳)!'

다름 아닌 심권지경의 일권이라는 것을.

'끝났다.'

거대한 주먹의 환영, 무형권(無形拳)이 이신의 바로 코앞까지 날아가는 것을 보면서 원웅패는 속으로 그렇게 확신했다.

무려 심권지경의 깨달음이 고스란히 녹아 있는 필살의 일권이었다.

당시 그가 현역으로 활약하던 시절에도 소림의 신승(神僧)이나 황보세가의 권왕(拳王) 정도나 이룬 지고한 경지가 아니던가.

필시 뼈도 못 추리고 즉사할 것이다.

물론 자신보다 한참이나 어린 연배의 이신을 상대로 이런 무지막지한 살초를 펼친 건 과하다면 과하다고 할 수 있었다. 하지만 거기에는 다 그만한 사정이 있었다.

지난날, 혈승과 함께 뇌정마도와 혈영사신이 싸운 현장을 자세히 돌아봤을 때, 원웅패는 내심 놀라지 않을 수 없었다.

그도 그럴 게 뇌정마도 정도의 고수가 이신에게 당한 것은 둘째 치더라도 꽤나 일방적으로 싸움이 진행되었다는 정황이 곳곳에서 발견되었기 때문이다.

더욱이 뇌정마도는 기존의 본령 무공 외에도 따로 혈염공까지 익히고 있었다.

한데 그런 그가 일방적으로 적에게 밀렸다?

적어도 이신의 무위가 최소 입신경, 아니 그 이상이어야지만 가능한 일이었다. 실제 허진 정도의 고수가 속수무책으로 당한 게 그 증거였다.

그 정도의 고수가 흑월과 척을 지고 있다는 건 그 자체만으로도 위험천만한 일이었기에 과감하게 강기나 강환이 아닌 심권을 펼친 것이다.

흑월 내부에서 은밀히 혈승을 견제하고 있는 배교의 세력 때문에라도 그리해야 마땅했다.

'하지만… 이놈은 배교보다 더 위험해.'

지금까지 승승장구했던 흑월의 행사가 이신이 개입만 되었다 하면 망가지고 실패했다. 마치 하늘이 점지해 준 천적같이……

해서 원웅패는 이참에 위험요소를 완전히 뿌리 뽑을 심산으로 과하게 손을 썼다.

그것이야말로 이신을 죽일 수 있는 가장 확실한 방법이기도 했으니까.

분명 그러했다.

확실히 그러할진대……

'뭐지?'

아까부터 신경에 계속 거슬리는 이 느낌.

마치 차갑고 날카로운 무언가가 줄곧 목 위에 드리워진 듯한 느낌이었다.

굳이 유사한 것을 예로 들자면…….

'검?'

그 순간, 원웅패의 눈이 찢어질 듯 커졌다.

자신이 날린 무형권이 갑자기 반으로 쫙 갈라졌기 때문이다.

그리고 그 사이를 유유히 가르면서 날아오는 검의 환영.

그와 동시에 낯익은 음성 한마디가 그의 귓가를 때렸으니…….

[심상지경(心象之境)은 당신 혼자만의 것이 아니야.]

그 말이 끝남과 동시에 장검이 순식간에 공간을 격하더니 원웅패의 가슴을 꿰뚫었다.

그리고 잠시 멈춰져 있던 세상의 바늘이 다시금 움직이기 시작했다.

"커억!"

원웅패가 공격하다 말고 갑자기 피를 토하면서 힘없이 쓰러지자, 신수연 등은 놀라면서도 내심 의아한 눈빛으로 그를 바라봤다.

분명 그들의 눈에는 아직 원웅패나 이신이 서로에게 이렇다 할 공격을 하지 않은 상황이었다.

한데 원웅패가 돌연 이신의 공격을 받은 것처럼 쓰러지는 건 도대체 무슨 조화란 말인가?

유일하게 장내에서 진실을 알고 있는 이신은 모두의 의문어린 시선을 뒤로한 채 천천히 원웅패에게 다가갔다.

그의 접근에도 원웅패는 그저 답답하게 숨을 헐떡이면서 왼쪽 가슴을 두 손으로 움켜쥘 따름이었다.

계속 괴로워하는 그를 내려다보면서 이신은 말했다.

"당신, 심상지경에 오른 지 얼마 안 됐군."

"……."

원웅패는 숨을 헐떡이는 가운데서도 그걸 어찌 알았냐는 표정으로 이신을 노려봤다.

이에 이신은 피식 웃으면서 말했다.

"너무 어설퍼."

"으음……!"

직설적인 이신의 말에 원웅패는 저도 모르게 침음성을 흘렸다.

확실히 심상지경은 단순히 거기에 올랐다고 해서 끝이 아니었다.

오히려 이제까지와 전혀 다른 새로운 세상으로의 시작에 들어섰다는 게 보다 정확한 표현이었다.

자신의 심상을 현실에 구현하는 경지.

그것이 어찌 인간으로서 가능한 일이겠는가?

이미 심상의 구현화라는 그 능력 자체만으로도 인간의 단계에서 한층 벗어났다고 봐야 했다.

그렇기에 심상지경을 달리 이리 칭한다.

신에 한없이 가까워지는 경지.

이른바 입신경(入神境)이라고.

그리고 심상지경에 오른 자는 누구나 저마다의 심상을 현실로 구현하게 마련이었다.

가령 원웅패의 경우에는 그 무엇보다 빠른 쾌속의 권이었다. 심지어 시간의 흐름마저 멈추었다고 느끼게 만들 정도로 빨랐다.

'그, 그런데도 어설프다니.'

더욱이 이신은 자신보다 한참 어렸다.

내심 그에게 지적당했다는 사실에 회의감마저 들 정도였다.

그런 그의 마음을 아는지 모르는지 이신이 말을 이었다.

"그렇게 빠른 주먹이 왜 내 심상에 허무하게 두 동강난 걸까?"

이신의 질문.

그것은 원웅패도 내내 의문이었다.

어찌 같은 심상끼리 부딪쳤는데 상쇄되기는커녕 도리어 자신이 당했다는 말인가?

정녕 무형권은 그의 생각과 달리 무적이 아니었단 말인가?

도리어 원웅패는 이신에게 반문했다.

"왜지?"

이신이 기다렸다는 듯 말했다.

"간단해. 내 심상은 오직 하나, 이 세상의 모든 삼라만상을 베는 검이었으니까."

"하, 하나 그건……!"

제아무리 삼라만상을 베는 검일지라도 시간마저 멈추었다고 느낄 만큼 빠른 주먹을 베다니.

그 속도는 둘째 치고, 어찌 실체가 없는 타인의 심상을 벨수 있단 말인가?

불가능하다.

그리 말하려는 순간, 한줄기 깨달음이 번개처럼 퍼뜩 원웅패의 뇌리를 스치고 지나갔다.

'…혹시?'

원웅패는 가까스로 떠올렸다.

무형권이 두 동강 나기 직전까지 자신의 신경에 자꾸 거슬렸던 그 감각!

그것을 인식하자마자 그의 무형권은 이신의 심검에 두 동강 나버렸다.

이에 원웅패가 떠올린 가능성은 하나였다.

"심상의 오염?"

"정답이야."

심상과 심상의 충돌.

만약 서로 호각지세였다면 각자의 심상이 중간에 뒤엉키면서 상쇄되는 걸로 끝났을 것이다.

하나 원웅패의 무형권은 어이없다 싶을 정도로 이신의 심검에 두 동강나고 말았는데, 그게 바로 심상의 오염 때문이었다.

온전하게 자신의 심상을 떠올려도 모자랄 판국에 그의 심상은 도리어 이신의 심상에 오염되고 말았다.

그것이 쉽사리 그의 무형권이 두 동강난 결정적인 이유였다.

원웅패는 저도 모르게 너털웃음을 터뜨리면서 말했다.

"허허허, 그랬군. 그랬어. 그래서 내가 당하고 만 거였군……."

생각해 보면 제아무리 이신의 심검에 자신의 무형권이 둘로 갈라졌다고 한들, 중간에 다시 무형권을 펼치면 그만이었다.

충분히 막을 수 있었다.

'한데도 그러지 못했지.'

그것도 모자라서 이신의 심검에 왼쪽 가슴이 꿰뚫리는 중상마저 입고 말았다.

스스로의 미숙함을 대놓고 드러낸 꼴이었다.

'어설프다는 말이 그래서 나온 건가?'

아마도 그때 이신은 눈치챘을 것이다.

자신이 심상지경에 오른 지 얼마 안 된 것도 모자라서 같은 심상지경의 고수와 싸워본 경험도 현저히 부족하다는 것을.

이 얼마나 수치스러운 일인가?

"허, 허허! 자고로 삼 푼의 실력을 숨기라는 강호의 고언을 그대로 실천한 것이 오히려 노부의 목을 조르고 말았구나……."

원웅패는 허탈하기 짝이 없는 너털웃음을 연신 흘려댔다.

그런 그를 말없이 바라보는 것도 잠시, 이신이 곧 다시 입을 열었다.

"왜 환혼시마를 데리러 온 거지?"

"뻔한 걸 묻는구나. 그거야 당연히 입을 막기 위해서… 끄윽!"

원웅패는 말하다 말고, 고통스러운 신음성을 토해냈다.

이신이 영호검의 검첨으로 그의 왼쪽 어깨를 냅다 쑤셔박았기 때문이다.

채 검을 다 뽑지 않은 상태에서 이신은 스산하기 짝이 없는 표정으로 말했다.

"누굴 바보로 아나? 당신 정도의 고수가 고작 살인멸구 따위에 동원된다고?"

엄밀히 말해서 인력 낭비였다.

솔직히 이신이 아니었다면, 허진만으로도 이번 임무를 완수하기에 충분하고도 남았다.

그런데도 입신경의 고수인 원웅패까지 투입했다?

마치 소 잡는 칼로 닭을 잡는 격이었다.

단순히 조직의 정보를 누설하지 않기 위해서라고 보기엔 너무 지나칠 정도였다.

'분명 환혼시마에게는 외부에 밝혀져선 안 되는 흑월에 대한 정보가 있는 거다. 혹은 그에 준하는 비밀을 숨기고 있거나.'

아니라면 굳이 이렇게 요란스럽게 그를 반드시 제거하려고 할 이유가 없었다.

이신이 원웅패를 노려보면서 말했다.

"어디 한번 계속 헛소리 지껄여 봐. 죽고 싶어도 죽지 못하는 고통이 뭔지 이참에 톡톡히 느끼게 해줄 테니까."

"으음……!"

원웅패의 이마에 식은땀이 흐르기 시작했다.

괜한 협박이 아님은 방금 전의 일만으로도 충분히 느낄 수 있었다.

심지어 이신은 알게 모르게 손목을 비틀어서 왼쪽 어깨의 상처를 일부러 넓히고 건드려서, 고통을 더욱 배가시키기까지

했다.

이대로 놔두었다간 왼팔을 영영 못 쓰게 될 수도 있었다.

최악의 경우에는 아예 잘려져 나갈지도 모른다.

그것은 한 사람의 무인, 더군다나 권사로서는 매우 치명적이라고 할 수 있었다.

어찌 보면 목숨을 잃는 것보다 더한 고통이 그를 기다리고 있을지도 모른다.

지금 이신은 은연중에 그에게 양자택일을 강요하고 있었다.

조직에 대한 의리와 자신의 한쪽 팔.

둘 중 하나만 선택하라고 말이다.

말이 선택이지, 사실상 무언가를 희생하라는 협박이었다.

지켜보는 입장에서도 굳이 꼭 그렇게까지 해야 할 정도로 지독하게 몰아붙이는 이신이었지만, 누구 하나 거기에 뭐라고 하는 이는 없었다.

오히려 단무린이 조용히 다가와서 말했다.

"형님, 저에게 맡겨주십시오. 제 능력이라면 이런 심문 없이도 간단하게……."

"안 돼. 그거로는 불가능해."

"해보지도 않고 어찌……."

단무린이 살짝 울컥하는 반응을 보이자 이신은 물끄러미 그를 바라보면서 말했다.

"너, 내 기억 읽을 수 있어?"

"네? 아니, 그게……."

이신의 기습적인 질문에 단무린은 순간 당황하였다. 더군다나 아까 전과 달리 쉬이 말도 잇지 못했다.

그런 그에게 그럴 줄 알았다는 표정을 지으면서 이신은 말했다.

"심상지경, 달리 입신경의 고수는 그 어떤 주술사보다도 정신적인 방어가 두텁지."

당연한 말이다.

심상을 현실로 투영화하는 경지에 이른 초인, 그것이 바로 입신경의 고수였다.

그들의 심상은 외부에서 감히 뚫을 수 없을 만큼 방어가 두터운 것도 모자라서 도리어 침입자가 그 심상에 공격당할 가능성이 높았다.

단무린이 감히 이신의 기억을 읽지 못하는 것도 그 사실을 너무나도 잘 알기 때문이었다.

'그럼 저자도……?'

단무린은 저도 모르게 원웅패 쪽을 바라봤다.

차마 믿기 어렵다는 표정도 잠시, 단무린은 미련 없이 뒤로 물러났다.

이신의 말을 따르기로 한 것이다.

그러는 사이 이신은 원웅패에게 다시금 대답을 종용했다.

"자, 말해. 뭣 때문에 환혼시마를 노린 거지?"

"…다."

"응? 뭐라고? 다시 한 번 말해봐라. 지금 뭐라고 한 거지?"

원웅패가 입술을 달싹이면서 뭔가를 말하기 시작하자 이신을 비롯해서 장내의 모두가 자연스레 귀를 쫑긋 세웠다.

그러자 그에 힘입은 듯 굳게 닫혀 있던 원웅패의 입이 다시금 열렸다.

"…전부 네놈을 유인하기 위한 미끼였다."

"뭐? 그게 무……."

황당한 원웅패의 말에 순간 반문하려는 찰나, 신수연이 외쳤다.

"주군, 복병이야!"

"……!"

이신의 고개가 부러질 듯 빠르게 돌아갔고, 곧 그의 시야에 저 멀리서 피어오르는 흙먼지, 그리고 수없이 많은 횃불의 무리가 들어왔다.

그리고 미세한 바람을 타고 날아온 매캐한 탄내를 맡는 순간, 그의 표정이 굳어졌다.

'설마?'

이신은 서둘러 박혀져 있던 영호검을 빼려고 했다.

하나 원웅패가 그 전에 손으로 검신을 꽉 잡고 놔주지를 않았다.

오히려 더 깊게 박아 넣기까지 했다.

이에 굳은 표정으로 바라보자, 그는 회심의 미소를 지으면서 말했다.

"저승길이 적적하진 않겠구만."

그리고 천지가 뒤집히는 굉음이 사방에서 울려 퍼졌다.

『대무사』 6권에 계속…

초대형 24시 만화방

신간 100%, 샤워실, 흡연실, 수면실(침대석), 커플석, 세탁기 완비

■ 강북 노원역점 ■

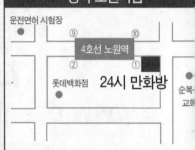

운전면허 시험장
⑨ ⑩
4호선 노원역
②
롯데백화점　24시 만화방
순복
교호

서울 노원구 상계동 340-6 노원역 1번 출구 앞 3층
02) 951-8324 (화용빌딩 3층)

■ 일산 정발산역점 ■

경찰서　정발산역
제2 공영주차장　롯데백화점

24시 만화방
E　C　A
라페스타
F　D　B

라페스타 E동 건너편 먹자골목 내 객잔건물 5층
031) 914-1957

■ 일산 화정역점 ■

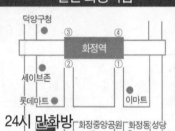

덕양구청
③　④
화정역
②　①
세이브존
롯데마트　이마트
24시 만화방　화정중앙공원　화정동 성당

경기도 고양시 덕양구 화정동 984번지 서일빌딩 7
031) 979-4874 (서일사우나 건물 7층)

■ 부천 역곡역점 ■

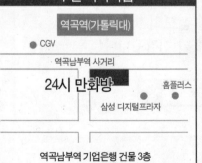

역곡역(가톨릭대)
CGV
역곡남부역 사거리
24시 만화방　홈플러스
삼성 디지털프라자

역곡남부역 기업은행 건물 3층
032) 665-5525

■ 부평역점 ■

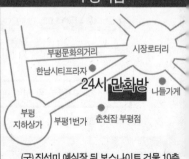

시장로터리
부평문화의거리
한남시티프라자
24시 만화방　나들가게
부평
지하상가　부평1번가　춘천집 부평점

(구) 진선미 예식장 뒤 보스나이트 건물 10층
032) 522-2871

내일을 향해 쏴라

김형석 장편 소설

FUSION FANTASTIC STORY

1만 시간의 법칙!
'성공은 1만 시간의 노력이 만든다' 는 뜻이다.

그러나…
사회복지학과 복학생 수.
전공 실습으로 나간 호스피스 병동에서
미지와 조우하다.

1만 시간의 법칙?
아니, 1분의 법칙!

전무후무한 능력이 수에게 강림하다!
맨주먹 하나로 시작한 수의
인생역전이 시작된다!

Book Publishing CHUNGEORAM

유통이 아닌 자유추구~
WWW.chungeoram.com

허담 新무협 판타지 소설
FANTASTIC ORIENTAL HEROES

十 月 星 십자성 전왕의 검

신력을 타고났으나 그것은 축복이 아닌 저주였다.

『십자성 - 전왕의 검』

남과 다르기에 계속된 도망자의 삶.
거듭된 도망의 끝은 북방 이민족의 땅이었다.
야만자의 땅에서 적풍은 마침내 검을 드는데……!

"다시는 숨어 살지 않겠다!"

쫓기지 않고 군림하리라!
절대마지 십자성을 거느린
적풍의 압도적인 무림행이 시작된다!

Book Publishing CHUNGEORAM

유행이 아닌 자유추구 -
WWW.chungeoram.com

이계진입
리로디드

임경배 퓨전 판타지 소설
FUSION FANTASTIC STORY

『권왕전생』임경배의 2015년 신작!

『이계진입 리로디드』

왕의 심장이 불타 사라질 때,
현세의 운명을 초월한 존재가 이 땅에 강림하리라!

폭군으로부터 이세계를 구원한 지구인 소년 성시한.
부와 명예, 아름다운 연인…
해피엔딩으로 이야기는 끝인 줄 알았건만
그 대가는 지구로의 무참한 추방이었다.
그리고 10년 후…….

"내가 돌아왔다! 이 개자식들아!"

한 번 세상을 구한 영웅의 이계 '재'진입 이야기!

Book Publishing CHUNGEORAM

유행이 아닌 자유추구 -
WWW.chungeoram.com